Knaur

Ellen Steiber

Akte X
Die unheimlichen Fälle des FBI

Das Nest

Roman

auf Basis der gleichnamigen Fernsehserie
von Chris Carter,
nach einem Drehbuch von Chris Carter

Aus dem Amerikanischen
von Hans Sommer

Knaur

Die amerikanische Originalausgabe erschien unter dem Titel
The X-Files – Squeeze bei HarperTrophy –
A Division of HarperCollins Publishers, New York

*Für meine unerschrockenen Reisegefährten und Freunde
Mimi Panitch, Terri Windling und Tania Yatskievych*

Redaktion: Annekatrin Klaus

Vollständige Taschenbuchausgabe August 1998
Droemersche Verlagsanstalt Th. Knaur Nachf., München

Umschlaggestaltung: Papen Werbeagentur, Köln
Umschlagillustration: © 1995 by 20th Century Fox Corp.
Druck und Bindung: Clausen & Bosse, Leck
Printed in Germany
ISBN 3-426-61045-0

5 4 3 2 1

1

Neunzehn Uhr dreißig. Die Dunkelheit kroch über die Stadt. Während sich die letzten blutroten Streifen der Abenddämmerung am Himmel abzeichneten, strömten die Menschen aus den Büros und machten sich auf den Heimweg.

Nur George Usher nicht, Geschäftsmann in den mittleren Jahren, wohlsituiert und erfolgreich. Er kehrte in sein Büro zurück. Ein langer Arbeitsabend lag vor ihm – und diese Aussicht stimmte ihn nicht gerade heiter.

Als er den Aufzug verließ und die fünfzehnte Etage seines Bürohauses betrat, seufzte er. Leere Räume, lange, schweigende Korridore. Hier und dort leuchteten im grauen Zwielicht des Feierabends rot glühende Ausgangsschilder gespenstisch auf.

Das Büro sah anders aus als tagsüber. Es *fühlte* sich anders an. Menschenleer. Düster. Unheimlich. Die Sicherheitsvorkehrungen sind hervorragend, rief sich Usher ins Gedächtnis. Es kann niemand reinkommen, der hier nicht arbeitet. Dennoch herrschte eine ganz eigenartige Atmosphäre.

Usher ging in sein Büro, knipste die Lampe an und wählte auf seinem Telefonapparat eine Nummer. Ein

Anrufbeantworter sprang am andere Ende der Leitung an, und die Stimme seiner Frau bat den Anrufer, nach dem Piepston eine Nachricht zu hinterlassen.

„Hallo, mein Schatz“, sagte er. „Es ist ungefähr halb acht, und wie es aussieht, werde ich noch eine Weile hier sein. Die Besprechung lief nicht so gut. Ruf mich an. Ich liebe dich. Bis nachher.“

Usher legte auf und starrte durch die offene Bürotür in den dunklen Flur hinaus. Plötzlich kehrte eine alte Empfindung zu ihm zurück, ein Gefühl aus Kindertagen. Furcht.

Kaffee, dachte er. Eine Tasse Kaffee wird mir helfen. Er griff nach seinem Becher und schlug den Weg zum Kaffeeautomaten am anderen Ende des Flurs ein, vorbei an einer langen Reihe von leeren Büros.

Sein eigenes Büro jedoch . . . war nicht leer.

Sobald er es verlassen hatte, störte ein leises Geräusch die Stille. Gegenüber von Ushers Schreibtisch bewegte sich hoch oben an der Wand ganz leicht eine Lüftungsklappe. Die beiden Schrauben, mit denen die Klappe befestigt war, fingen an, sich zu drehen. Zuerst die rechte, anschließend die linke. Dann tauchten im Inneren des Lüftungsschachts ganz langsam zwei lange, schlanke Fingerspitzen auf und drückten die Klappe zur Seite.

Usher war auf dem Rückweg durch den Flur, in der Hand die Tasse mit bitterem Kaffee, der schon einen ganzen Tag alt war. Als er vor seiner Bürotür ankam, blieb er ruckartig stehen: Er hätte schwören können, daß er das Licht vorhin angelassen hatte.

Er trat in das dunkle Büro und tastete nach der Lampe auf seinem Schreibtisch. Plötzlich schlug die Tür mit überirdischer Wucht zu – und Usher erkannte mit panischem Entsetzen, daß er nicht allein war.

Hektisch langte er nach der Tür, bekam den Griff zu fassen und bemühte sich verzweifelt, sie zu öffnen. Doch irgend etwas – oder irgend jemand – hatte ihn gepackt.

Usher wehrte sich wild. Er wand sich in der Umklammerung des Fremden, konnte sich befreien und wälzte sich über den Schreibtisch. Doch dann spürte er, daß sich zwei kraftvolle Hände um seinen Hals schlossen. Er war wie gelähmt. Er kriegte keine Luft mehr. Kein Laut kam aus seiner Kehle, als sein Körper von einer unmenschlichen Kraft in die Höhe gehoben wurde.

Für einen kurzen Augenblick gaben die Hände seinen Hals frei. Ushers verzweifelter Schrei schrillte durch das Büro, während sein Körper mit solcher Wucht gegen die Tür krachte, daß sie zersplitterte. Ein dumpfes Knurren begleitete seinen Sturz.

Danach herrschte Stille. Tödliche Stille.

Eine Stunde später war Ushers Büro in kaltes, weißes Mondlicht getaucht. Kaffee tropfte aus dem umgekippten Becher auf den Teppich, der bereits blutdurchtränkt war. Ushers lebloser Körper lag im Zentrum der langsam größer werdenden Lache.

Oben an der Wand drehte sich eine der Schrauben der Lüftungsklappe wie von Geisterhand in ihr Gewinde zurück. Irgend etwas im Inneren des Lüftungsschachts befestigte die Klappe wieder an der Wand. Langsam. Gelassen. Siegessicher.

2

Sonnenlicht strömte durch die Fenster eines Gebäudes in der Innenstadt von Washington, D.C. Auf dem offenen Hof eines Atriumrestaurants aß Special Agent Dana Scully mit Tom Colton zu Mittag.

Für Scully war dies eine entspannende Pause an einem hektischen Tag. Das Atriumrestaurant gehörte zu ihren Lieblingsplätzen, und Tom war ein alter Freund. Sie waren zusammen in Quantico gewesen, der Schulungsakademie des FBI.

Die beiden Agenten hatten sich längere Zeit nicht gesehen. Colton sah noch genauso aus, wie Scully ihn in Erinnerung hatte: hübsch, intelligent und selbstsicher. Er hatte immer eine Vorliebe für auffällige Krawatten gehabt, sein heutiges Prachtexemplar machte da keine Ausnahme – schwarz mit großen weißen Punkten. Und er sprach noch immer mit jener leisen, schnellen Stimme, die alles, was er sagte, dringend erscheinen ließ. Im Augenblick jedoch versorgte Colton Scully nur mit dem neuesten Klatsch.

„Rate mal, wem ich aus unserer Klasse in Quantico begegnet bin", sagte er. „Marty Neil."

Scully lachte. „J. Edgar junior?" fragte sie. J. Edgar

Hoover war fast fünfzig Jahre lang Direktor des FBI gewesen, bis 1972. Ihr Klassenkamerad Marty Neil beabsichtigte, Hoover und seiner Karriere nachzueifern. Das Problem bestand jedoch darin, daß Neil nicht annähernd so clever war wie Hoover ... Allerdings war er genauso paranoid.

„Neil ist gerade die Treppe raufgefallen", erzählte Colton. „Er wird für den Auslandsnachrichtendienst arbeiten. Büro New York City. Als leitender Spezialagent."

„Als Leiter?" wiederholte Scully überrascht. „Er hat die Akademie doch erst vor zwei Jahren verlassen. Wie hat er diesen Coup gelandet?"

Colton lächelte sie schief an. „Er ist mit Glück in das Bombenattentat auf das World Trade Center reingeraten. Ein Schwerverbrechen, das aufgeklärt wurde. Und auch noch schnell."

„Na ja, schön für Marty ..." Scully schüttelte ein leichtes Neidgefühl ab. In jüngster Zeit sah ihre eigene Karriere nicht annähernd so verheißungsvoll aus. Scully hatte akademische Grade in Astronomie, Medizin und Physik erworben, und während sie ihr Diplom in Physik machte, war sie ins FBI eingetreten. Sie hatte sich in Quantico bewährt – so gut, daß man sie sogar gebeten hatte, dort ein Lehramt zu übernehmen. Doch dann war ihr das gegenwärtige Aufgabengebiet übertragen worden, und Abteilungsleiter Bevins hatte sie zum Partner von Fox Mulder gemacht. Fox Mulder,

Spezialist für Fälle, von denen alle anderen wohlweislich ihre Finger ließen.

„Ich kann daran nichts Schönes finden", riß Coltons Stimme sie aus ihren Überlegungen. „Marty Neil ist ein Verlierer. Und wo ist er jetzt? Er ist da, wo *wir* sein sollten."

Scully musterte ihren früheren Klassenkameraden. Sie wußte, daß Colton nicht so schlecht dastand, wie er den Anschein erweckte. „Brad Wilson hat mir erzählt, daß deine Arbeit in der Mordsache Washington Crossing unmittelbar zu dem Verdächtigen geführt hat", sagte sie. „Es heißt, daß du in der Abteilung Gewaltverbrechen auf der Erfolgsleiter schnell nach oben kommen wirst."

Colton zuckte die Achseln, als ob das keine große Sache wäre. Doch Scully wußte, daß er auf seinen guten Ruf und den neidvollen Tratsch der Kollegen stolz war. Colton war immer ehrgeizig gewesen. Schnell voranzukommen, bedeutete ihm alles.

„Und? Wie ist es dir ergangen?" fragte Colton. „Irgendwelche unheimlichen Begegnungen der dritten Art gehabt?"

Scully versuchte, sich über diese Bemerkung nicht zu ärgern. Sie wußte, daß er sie nur aufzog. Zudem konnte sie ihm wirklich nicht übelnehmen, daß er ihr Aufgabengebiet für seltsam hielt. Es *war* seltsam. „Glauben alle, daß ich so etwas habe?" fragte sie bedächtig. „Unheimliche Begegnungen?"

„Nein, nein, natürlich nicht“, protestierte Colton. „Aber du arbeitest mit ‚Spooky‘ Mulder zusammen.“

Scullys Partner Fox Mulder war als hervorragender Agent bekannt. Er hatte in Harvard und Oxford in Psychologie summa cum laude abgeschlossen, verfügte über ein fotografisches Gedächtnis, und Scully hatte noch niemanden kennengelernt, der scharfsinniger war, wenn es um die Analyse eines Falls ging. Noch bekannter war Mulder jedoch durch sein Interesse für unerklärliche Phänomene geworden: Er glaubte tatsächlich an solche Sachen wie Ufos und Außerirdische – und er hatte sein vielversprechendes Agentenleben ihrer Erforschung gewidmet.

„Mulders Vorstellungen mögen ein bißchen . . . exzentrisch sein“, räumte Scully ein. „Aber er ist ein toller Agent.“

Colton schnitt ein Stück von seinem Steak, kaute langsam und seufzte. „Ich habe einen Fall, der wirklich exzentrisch ist“, sagte er mit bekümmerter Stimme. „Die Polizeibehörde von Baltimore braucht unsere Hilfe, um einen Serienkiller zu schnappen. Drei Morde. Vor sechs Wochen fing es an. Die Opfer sind unterschiedlichen Alters und Geschlechts und gehören verschiedenen Rassen an. Sie stehen in keinerlei Beziehung zueinander.“

Scully schlürfte ihren Eistee. „Ich nehme an, es gibt ein Muster?“

„Der Zutrittsweg des Killers.“ Colton schloß einen

Moment lang die Augen. „Das Fehlen eines solchen, genauer gesagt."

„Was meinst du damit?"

„Ein Opfer war ein Mädchen vom College", begann Colton. „Sie wurde in ihrem zehn Quadratmeter großen, aus Betonwänden bestehenden Schlafzimmer ermordet. Als man sie fand, waren die Fenster geschlossen, und die Tür war *von innen* durch eine Kette gesichert. Es gibt keine plausible Erklärung dafür, wie der Mörder hereingekommen sein könnte. Und wieder heraus."

Scully hörte aufmerksam zu, als Colton fortfuhr: „Der letzte Vorfall spielte sich vor zwei Tagen ab. Bürogebäude mit strengsten Sicherheitsvorkehrungen. Nichts Ungewöhnliches auf den Überwachungsbildschirmen. Es passierte nach Feierabend, als alle schon nach Hause gegangen waren. Der Bursche parkte in der Tiefgarage und fuhr mit dem Aufzug in sein Büro in der fünfzehnten Etage. Er wollte noch ein paar Dinge abarbeiten. Außer ihm hat niemand das Gebäude betreten . . . Er ist nie wieder rausgekommen."

„Könnte es sich um Selbstmörder handeln?" fragte Scully. Ihr Interesse war geweckt.

Colton schüttelte den Kopf. Vorsichtig holte er ein Foto aus seiner Aktentasche und gab es Scully.

Scullys Augen weiteten sich, als sie das Bild betrachtete, das am Tatort gemacht worden war.

„Den Opfern ist die Leber entfernt worden", sagte Colton gewichtig. „Ohne Werkzeuge."

„Du meinst, der Mörder hat seine bloßen Hände benutzt?“ Scully sah ihr Gegenüber skeptisch an. In Gedanken suchte sie nach einer vernünftigen Erklärung. „Mit einem Messer oder einem Skalpell . . .“

Colton unterbrach sie mit einem Kopfschütteln. „Ich weiß, daß es sich unmöglich anhört, aber es ist so. Der Täter hat keinerlei Werkzeug benutzt . . . Ich habe nicht die leiseste Ahnung, wie er es gemacht hat.“

„Hört sich nach einer X-Akte an“, murmelte Scully.

Als „X-Akte“ wurden Fälle bezeichnet, bei denen mysteriöse Ereignisse und paranormale Phänomene eine zentrale Rolle spielten, bei denen die üblichen Erklärungsmuster versagten und der rational geschulte Verstand auf der Stelle trat oder ins Leere tappte. Die X-Akten waren eine Spezialität von Fox Mulder.

„Immer langsam mit den jungen Pferden“, sagte Colton warnend. „Ich bin derjenige, der diese Morde aufklären wird. Ich gebe sie nicht an dich und Mulder weiter. Aber es wäre mir lieb, wenn du dir die Hintergründe der Fälle ansehen könntest. Komm mit zum letzten Tatort. Er ist nur eine halbe Stunde von deinem Haus entfernt.“

Scully blickte ihn fragend an. „Wieso willst du mich dabei haben, wenn *du* den Fall aufklären wirst?“

Colton wich ihrem Blick aus, als er antwortete. „Vielleicht wegen der Fälle, mit denen du in jüngster Zeit beschäftigt warst – du siehst die Dinge aus einem anderen Blickwinkel.“

Scully dachte nach. Colton glaubte, daß die Arbeit an den X-Akten nicht wirklich ernstzunehmen sei. Gleichzeitig wollte er für den Fall, daß Scullys Job doch ernstzunehmen war, ihr Urteil einholen. Wenn er jedoch wirklich jemanden haben wollte, der Erfahrung mit X-Akten hatte, dann brauchte er auch ihren Partner.

„Du willst, daß ich Mulder um Hilfe bitte?"

Colton runzelte die Stirn. „Wenn Mulder mitkommen und dir einen Gefallen tun will . . . na prima", sagte er zögernd. „Aber du solltest ihm klarmachen, daß dies *mein* Fall ist."

Scully betrachtete abermals das Foto. Sie war sich jetzt sicher, daß es sich bei diesem Fall um eine X-Akte handelte.

„Dana . . ." Coltons Simme war eindringlich. „Wenn ich einen Fall wie diesen lösen kann, dann *werde* ich die Leiter rauffallen. Und was dich angeht . . ."

Scully sah ihn an. „Was ist mit mir?"

Colton blickte zur Seite, als er antwortete. „Sie werden aufhören, dich ‚Mrs. Spooky' zu nennen."

Scully saß stocksteif da, als Colton die Rechnung an sich nahm und den Tisch verließ. Seine letzte Bemerkung hatte weh getan. Und Colton hatte gewußt, daß sie weh tun würde.

3

Am nächsten Morgen tat Scully, worum Colton sie gebeten hatte. Statt direkt zum FBI-Hauptquartier zu fahren, machte sie bei George Ushers Bürogebäude halt und parkte in der Tiefgarage unter dem Wolkenkratzer. Sie warf einen Blick auf die Fernsehmonitore, die an der Decke hingen. Es handelte sich allem Anschein nach tatsächlich um ein Gebäude mit den strengsten Sicherheitsvorkehrungen.

Es war noch früh am Morgen, kurz nach sieben. Scully trat im fünfzehnten Stock aus dem Aufzug und suchte den Weg zu Ushers Büro. Das Büro war verlassen – abgesehen von einer Person: Fox Mulder. Scully hatte nach dem Mittagessen mit Colton lange nachgedacht und den Entschluß gefaßt, Mulder über diesen Fall zu unterrichten. Alles hörte sich zu sehr nach einer X-Akte an, um ihn aus dem Spiel zu lassen.

Jetzt war Mulder in Ushers Büro emsig beschäftigt. Der Inhalt seiner erkennungsdienstlichen Ausrüstung war ringsum ausgebreitet. Er hatte sein Jackett ausgezogen und die Hemdsärmel hochgekrempelt, an der einen Hand trug er einen Handschuh aus Latex. Er war offensichtlich schon eine ganze Weile an der Arbeit.

„Morgen, Scully." Mulder warf seiner Partnerin ein kurzes Lächeln zu.

Für einen Agenten mit so großer Erfahrung sah Fox Mulder überraschend jung aus. Er war ein hochgewachsener, schlanker Mann, der die Haare länger trug, als es bei FBI-Agenten üblich war. Scully war der Ansicht, daß Mulders äußere Erscheinung ein bißchen täuschte. Sein Gesicht wirkte so unschuldig, beinahe jungenhaft – bis man in seine klaren, haselnußfarbenen Augen blickte. Dann erkannte man, daß Fox Mulder schon mehr gesehen hatte als die meisten Menschen. Und daß es ihn einiges gekostet hatte.

Scully nickte Mulder zu. Sie war froh, daß Colton noch nicht anwesend war, – das gab ihr Gelegenheit, sich selbst ein Bild vom Tatort zu machen. Mit geübtem Blick sah sie sich im Büro um.

Man hatte Ushers Leichnam abtransportiert, doch der Raum war immer noch ein einziges Chaos. Die Platte von Ushers Schreibtisch sah aus, als sei ein Tornado darüber hinweggegangen. Füller, Bleistifte und Aktenmappen lagen überall verstreut. Das Bild einer Frau, vermutlich seiner Ehefrau, war umgekippt, die Schreibtischlampe geborsten und verbogen. Ein Kaffeebecher hatte seinen Inhalt bis an die gegenüberliegende Wand verspritzt.

Und überall war Blut – auf den Papieren, auf Ushers Schreibtisch, auf seinem Stuhl, auf dem Teppich, an den Wänden.

Es gab nur einen einzigen aufgeräumten Bereich im ganzen Büro – die Ecke, in der Mulder seine Utensilien ausgebreitet hatte. Fingerabdruckpuder, Rasierklingen und Pinzetten – alles war fein säuberlich aufgereiht.

Mulder nahm das blutbesudelte Büro ebenfalls in Augenschein. Dann richtete er den Blick auf seine Partnerin.

„Also, warum haben sie nicht mich gefragt?"

Scully schwieg. Mulder wartete geduldig auf eine Antwort. Er griff in die Tasche und holte einen seiner geliebten Sonnenblumenkerne hervor.

„Sie sind alte Freunde von der Akademie", sagte Scully schließlich. Sie bemühte sich, taktvoll zu sein. „Ich bin mir sicher, daß es für sie ganz einfach angenehmer war, mit mir zu reden."

„Wieso wäre es für sie unangenehm gewesen, mit mir zu reden?"

Scully sah ihn an und zögerte. Dann kam sie wie gewöhnlich zu der Ansicht, daß die beste Antwort eine ehrliche Antwort war. „Vermutlich wegen Ihrer ... Reputation."

„Reputation?" wiederholte er gedehnt und klang dabei verwundert. „*Ich* habe eine Reputation?"

Mulder machte es ihr ganz bewußt schwer, und Scully wußte das. „Sehen Sie", sagte sie ungeduldig, „Colton hält sich an die Regeln, und Sie tun das nicht. Sie haben den Eindruck, daß Ihre Methoden, Ihre Theorien ..."

„. . .verrückt sind?“ mutmaßte Mulder. Sein Lächeln wirkte amüsiert, aber seine Augen waren ernst, als er fragte: „Was ist mit Ihnen? Halten Sie mich auch für . . . verrückt?“

Scully hielt inne und fragte sich, ob Mulder eine offene Antwort verdiente. Es war klar, daß er sie testete: Sie arbeiteten erst seit kurzer Zeit zusammen, und Mulder wußte, daß Scully ursprünglich den Auftrag gehabt hatte, ihn auszuspionieren. Ihre Ergebnisse sollten dem FBI einen Vorwand liefern, die X-Akten schließen zu können. Doch Scully war ein aufgeschlossener Mensch. Obwohl sie nicht immer mit Mulders Theorien übereinstimmte, respektierte sie seine Methode und seine oft ungewöhnliche Sicht der Dinge. Und so hatte sie ihren Vorgesetzten die Wahrheit gesagt – daß Mulder ein hervorragender Agent war. Daß die Fälle, denen er nachging, real und ganz und gar nicht verrückt waren. Inzwischen sollte Mulder ihr vertrauen, meinte sie.

Scully kam nicht dazu, Mulders Frage zu beantworten, denn in diesem Augenblick betrat Tom Colton das Zimmer.

„Dana, tut mir leid, daß ich mich verspätet habe . . .“

„Kein Problem.“ Scully winkte ab. „Wir haben auch allein hergefunden. Das ist Fox Mulder. Mulder, Tom Colton.“

Die beiden Männer gaben sich die Hand.

„Also, Mulder, was halten Sie davon?“ Colton

sprach in spöttischem Tonfall. „Sieht das nach einem Werk der kleinen grünen Männer aus?“

Scully warf Mulder einen mitfühlenden Blick zu.

„Grau“, antwortete Mulder ernsthaft.

„Was?“

„Grau.“ Mulder verzog keine Miene. „Sie sprachen von ‚grünen Männern‘. Die Hautfarbe eines Reticulianers ist grau. Sie sind bekannt für ihre Extraktion menschlicher Lebern, die sie wegen des Mangels an Eisen in der reticulianischen Galaxis immer wieder vornehmen.“

Scully wünschte, daß Mulder so etwas nicht tun würde, auch wenn es Colton verdiente. Sie wußte, daß Colton nicht gut auf Mulder zu sprechen war. Und jetzt machte Mulder es noch schlimmer.

Colton sah verwirrt aus. Er war sich nicht sicher, ob Mulder scherzte. „Das können Sie nicht im Ernst meinen . . .“

„Wissen Sie, was Leber mit Zwiebeln auf Reticulum kostet?“ fragte Mulder mit verschwörerischem Unterton. Dann, bevor Colton antworten konnte, entschuldigte er sich und fuhr seelenruhig mit der Untersuchung des Büros fort.

Coltons Gesicht lief vor Verlegenheit rot an. Er bedachte Mulder mit einem finsteren Blick und ging zur anderen Seite des Zimmers hinüber. Scully seufzte und folgte ihm. Vielleicht war es noch nicht zu spät, die Dinge zwischen den beiden Agenten wieder ins rechte Lot zu rücken.

Mulder schenkte der Unterhaltung zwischen Colton und Scully keine Aufmerksamkeit. Er setzte seine Überprüfung von Ushers Büro fort und untersuchte die Kanten des Schreibtischs auf Fasern, die sich vielleicht von den Kleidern des Mörders gelöst hatten.

Während er in seiner Tasche nach weiteren Sonnenblumenkernen tastete, trat Mulder ans Fenster und musterte den Rahmen. Sorgsam suchte er nach Anhaltspunkten für ein Eindringen. Er war nicht überrascht, daß er keine fand. Als nächstes schritt er die Wände und Ecken des Raums ab und hielt Ausschau nach irgend etwas, das der Mörder fallengelassen oder berührt haben könnte, – nach dem kleinsten Fingerzeig, der auf eine noch so vage Spur führen könnte.

Mulder blieb stehen, als er auf dem Boden etwas glitzern sah. Er kniete nieder und betupfte den Teppich sanft mit seinem Zeigefinger. Da *war* etwas – winzige Metallspäne.

Mit Hilfe einer Pinzette löste er einen Span und hielt ihn hoch ins Licht. Er dachte eine Sekunde lang nach und blickte dann in die Höhe. Hoch oben an der Wand, gleich über ihm, befand sich das Metallgitter, mit dem der Lüftungsschacht des Büros abgedeckt war.

Mulder richtete sich auf, ging zu seiner erkennungsdienstlichen Ausrüstung und griff nach Fingerabdruckpuder, Klebeband und Pinsel. Er ließ den Pinselgriff schnell zwischen seinen Händen hin und her rollen, um die Borsten zu säubern. Dann fing er an, den Bereich rings um die Lüftung leicht einzupudern.

Coltons Aufmerksamkeit wurde geweckt. „Was, zur Hölle, macht er da?“ fragte er Scully argwöhnisch.

Mulder beachtete ihn nicht. Er konzentrierte sich auf den Pinsel und hoffte, einen sauberen Abdruck zu finden.

Colton sah ihm ungläubig zu. „Das ist eine Öffnung mit einem Durchmesser von dreißig Zentimetern“, sagte er mit erhobener Stimme zu Mulder. „Und selbst wenn ein Reticulianer durchkriechen könnte . . . Die Schachtabdeckung ist festgeschraubt.“

Mulder ignorierte Colton und fuhr fort, mit dem Fingerabdruckpinsel über die Seiten des Rosts zu streichen. Stückchen für Stückchen trat ein Abdruck hervor. Er war lang und dünn. Er hatte durchaus Ähnlichkeit mit einem menschlichen Fingerabdruck, war jedoch eindeutig *nicht* menschlich.

Mulder sagte kein einziges Wort. Doch seine Augen weiteten sich vor Verblüffung. Er hatte diesen Abdruck schon einmal gesehen.

4

Scully rückte einen Stuhl an Mulders Seite. Sie befanden sich in Mulders engem Büro im Souterrain des FBI-Hauptquartiers. Wie immer war der winzige Raum mit Stapeln von Büchern und Papieren übersät. Mulders Schwarzes Brett war bedeckt mit Fotos von verschwommenen Objekten: vielleicht handelte es sich dabei um Ufos, vielleicht aber auch nicht. Scully war sich nicht sicher. Aber Mulders Einstellung zu seiner Arbeit war aus einem Poster an der Wand ersichtlich, auf dem in großen Lettern zu lesen war: ICH WILL GLAUBEN.

Scully ignorierte einen Berg von Berichten, der auf den Fußboden zu stürzen drohte. Sie konzentrierte sich auf die Streifen, die ihr Mulder zeigte. Es waren sechs, und sie wußte nicht so recht, was sie damit anfangen sollte. Auf jedem war ein länglicher Fingerabdruck zu sehen – die Abdrücke waren eindeutig zu lang und zu dünn, um menschlich zu sein.

Mulder deutete auf einen der Streifen. „Das ist der Abdruck, den ich gestern in Ushers Büro gesichert habe. Die anderen stammen aus den X-Akten."

„Von wie vielen Morden sprechen wir?" fragte Scully überrascht.

„Elf, Usher mitgezählt. Zehn Morde vor ihm. Alle in der Gegend von Baltimore. Bei keinem einzigen von ihnen gab es einen Zugangsweg, und alle Opfer wurden auf dieselbe Art und Weise umgebracht. Diese Abdrücke ...“, Mulder reihte die fünf restlichen Streifen nebeneinander auf, „... stammen von fünf der anderen zehn Tatorte.“

„*Zehn* weitere Morde?“ Scully konnte es noch immer nicht glauben. „Colton hat nichts davon erwähnt ...“

„Ich glaube nicht, daß er darüber überhaupt Bescheid weiß.“ Mulder schüttelte den Kopf und deutete auf drei der Streifen. „Diese drei Abdrücke wurden 1963 sichergestellt, fünf Jahre bevor Colton geboren wurde. Und diese beiden wurden 1933 gesichert.“

Scully sah ihren Partner unverwandt an. „Sie wollen sagen, daß derselbe Mörder vor dreißig *und* vor sechzig Jahren am Werk war?“

„Und vor neunzig“, sagte Mulder ungerührt. „Unglücklicherweise haben wir davon keine Abdrücke. Das Nehmen von Fingerabdrücken war 1903 keine Alltäglichkeit. Und Polizeiberichte waren nicht unbedingt vollständig. Aber es gab damals einen ähnlichen Mord.“

„Natürlich“, sagte Scully trocken. Sie stieß ihren Stuhl vom Schreibtisch zurück. Man braucht nur Mulder zu fragen, wenn man eine völlig unglaubwürdige Fallgeschichte hören will, dachte sie.

Mulder ging nicht auf ihren Tonfall ein und zog statt dessen ein Resümee. „Fünf Morde alle dreißig Jahre. Das bedeutet, daß er in diesem Jahr noch zwei weitere vor sich hat."

Scully stand auf und wandte sich von ihrem Partner ab. Es muß eine *logische* Erklärung geben, sagte sie sich im stillen. Sie kaute auf ihrer Lippe. Sie war Wissenschaftlerin, besaß einen Doktortitel. Unter keinen Umständen konnte sie glauben . . . Sie unterbrach ihren Gedankengang. Vielleicht hatte sie Mulder falsch verstanden.

„Sie wollen sagen, daß es sich um einen Imitations-Täter handelt?" fragte sie hoffnungsvoll. „Irgend jemand weiß über die alten Verbrechen Bescheid und setzt alles daran, um das Muster zu kopieren?"

Mulder drehte seinen Stuhl herum und sah ihr ins Gesicht. „Was haben wir an unserem ersten Tag in der Akademie gelernt, Scully?" fragte er mit gespielt strenger Stimme. *„Jeder Fingerabdruck ist einzigartig.* Diese stimmen alle perfekt überein."

Scully ließ diese Worte auf sich wirken. Sie wußte genau, worauf Mulder hinauswollte. Daß er verrückte Ideen hatte, war eine Sache. Von *ihr* zu erwarten, daß sie daran glaubte, eine andere. „Sie meinen also, ich soll zur Abteilung für Gewaltverbrechen gehen und erzählen, daß diese Morde von einem . . . Außerirdischen begangen wurden?"

„Natürlich nicht", antwortete Mulder mit ausdruckslosem Gesicht. „Ich kann keine Anzeichen für eine außerirdische Beteiligung feststellen."

Scully funkelte ihn an. „Was dann?" schnappte sie. „Daß es sich hier um das Werk eines hundert Jahre alten Serienkillers handelt, der fähig ist, einen gesunden, fast eins neunzig großen Geschäftsmann zu überwältigen?"

Mulder grinste sie an. „Und der aus jeder Menschenmenge hervorsticht – mit fünfundzwanzig Zentimeter langen Fingern."

„Mulder, wenn Sie glauben, daß es sich hierbei um einen Witz . . ."

„Die X-Akten beschäftigen sich mit ungelösten Fällen, bei denen paranormale Phänomene im Spiel sind", rief ihr Mulder ungerührt ins Gedächtnis. „Dies hier sollte unser Fall sein. Und das meine ich ganz im Ernst."

„Es ist Coltons Fall!"

Mulder überreichte ihr eine gelbstichige Akte. „Die X-Akte datiert aus dem Jahr 1903. Wir hatten den Fall zuerst."

Scully seufzte. Sie wollte Mulder nicht zu nahe treten. Aber manchmal war er so stur, daß ihr keine andere Wahl blieb.

„Mulder . . ." Sie schloß die Augen und atmete tief durch. „Sie wollen Ihre Mitwirkung nicht. Sie wollen nichts von Ihren Theorien hören. Aus diesem Grund hat Abteilungsleiter Bevins Sie hier unten im Souterrain versteckt."

Mulder schien durch diese Worte überhaupt nicht verletzt zu sein. „Sie sind auch hier unten", stellte er heiter und ohne Bosheit fest.

Scully sackte auf ihrem Stuhl zusammen. Sie war die endlosen Diskussionen mit Mulder leid. Konnte er das Wort NEIN nicht wenigstens *einmal* als Antwort akzeptieren?

Mulder trat an ihre Seite. „Warum einigen wir uns nicht?" schlug er vor. „Colton und seine Gruppe führen ihre Untersuchung durch. Und wir die unsere. Und wir werden uns dabei bestimmt nicht in die Quere kommen. Einverstanden?"

Scully sah ihn an. Sie konnte ihm nicht antworten.

Aber sie konnte auch nicht NEIN sagen.

Es war zehn Uhr abends. Scully saß allein in ihrer Wohnung, die Augen auf den Computerschirm gerichtet. Auf dem Schreibtisch lagen alle Notizen ausgebreitet, die den Fall betrafen: Sie war das in Ushers Büro gefundene Beweismaterial durchgegangen und sie hatte Mulders X-Akten studiert. Jetzt schrieb sie ein erstes Profil des Killers nieder.

Zum wiederholten Male dachte sie über Mulders Theorie nach. Und dann fuhr sie mit ihren eigenen Überlegungen fort.

„Nach sorgfältiger Begutachtung der gewalttätigen und von großer Körperkraft zeugenden Natur dieser Morde halte ich den Mörder für einen Mann, fünfundzwanzig bis fünfunddreißig Jahre alt“, schrieb sie. „Er besitzt eine überdurchschnittliche Intelligenz. Seine Methode, den Tatort ungesehen zu betreten und wieder zu verlassen, konnte bisher nicht ermittelt werden. Dies könnte auf seine hervorragende Kenntnis der inneren Gebäudestruktur und des Rohrsystems zurückzuführen sein.“

Scully blickte auf die Baupläne des Hauses und des Büros von George Usher und schrieb weiter: „Vielleicht tritt er aber auch in getarnter Form ganz offen auf. Er könnte beispielsweise die Rolle eines Lieferanten oder Wartungstechnikers spielen. Zeugen pflegen solche Leute zu übersehen. Ihre Dienstkleidung macht sie für zufällige Beobachter unsichtbar.“

Abermals studierte sie den Streifen mit dem länglichen Fingerabdruck. Dann legte sie ihn frustriert zur Seite. Sie konnte sich den eigenartigen Abdruck nicht erklären und versuchte es auch gar nicht – sie beschäftigte sich lieber mit einem anderen Aspekt des Mordes.

„Die Entfernung der Leber ist das bedeutsamste Detail dieser Verbrechen. Die Leber besitzt Heilungskräfte. Sie reinigt das Blut . . .“

Am nächsten Morgen erstattete Scully der Abteilung Gewaltverbrechen Bericht. Sie wußte, daß es wichtig war, professionell und selbstsicher zu wirken, – sie hatte nicht vor, Mulders seltsame Theorien zu erwähnen. Und auch nicht ihre eigenen Zweifel. Colton und Agent Fuller, sein Vorgesetzter, setzten sich mit ihr an einen Konferenztisch und hörten aufmerksam zu.

Ruhig erklärte Scully ihre Theorie darüber, warum der Mörder seinen Opfern die Leber entnahm. „Die Entnahme dieser Trophäe könnte den Killer in den Glauben versetzen, daß er sich von seinen eigenen Unreinheiten befreit. Ich glaube, er handelt in der klassischen Form einer zwanghaften Besessenheit."

Mehrere Agenten quittierten diese Feststellung mit einem Kopfnicken.

„Da zwischen den Opfern keinerlei Beziehung besteht, können wir nicht voraussagen, wer der nächste sein wird", fuhr Scully fort. „Deshalb müssen wir uns den Umstand zunutze machen, daß Serienmörder bei der Suche nach neuen Opfern nicht immer erfolgreich sind. Wenn dies passiert, kehrt der Serienmörder vielleicht zur Stätte des vorangegangenen Mords zurück."

„Warum sollte er das tun?" fragte ein Agent mit beginnender Glatze.

„Er versucht, das emotionale Hochgefühl des vorigen Mords wiederzugewinnen", erklärte Scully. „Aus diesem Grunde glaube ich, daß unsere aussichtsreichste Vorgehensweise darin besteht, die Orte im Auge zu behalten, an denen er bereits getötet hat."

Agent Fuller erhob sich. „Gute Arbeit, Agent Scully", sagte er. Dann wandte er sich an die Agenten seiner Abteilung. „Wenn es keine Einwände gibt, würde ich gerne heute nacht mit der Observierung der Tatorte beginnen. Wir suchen einen fünfundzwanzig bis fünfunddreißig Jahre alten Mann. Er könnte eine Uniform tragen: Gaswerk, UPS – was auch immer."

Fuller wandte sich wieder an Scully. „Ich weiß, daß Sie ein anderes Aufgabengebiet haben. Aber wenn Ihnen ein paar Überstunden nichts ausmachen, würden wir Ihre Mitarbeit begrüßen." Er machte eine bedeutungsvolle Pause. „Das heißt, wenn Ihnen die Arbeit auf einem Gebiet, das ein bißchen bodenständiger ist, nichts ausmacht."

Scully zwang sich zu einem Lächeln, während die anderen Agenten lauthals über Fullers müden Witz lachten. Mulder hätte Fuller Kontra gegeben, dachte Scully. Ich kann das nicht. Nicht in diesem Fall. Sorry, Mulder.

5

Drei Tage später parkte Scully ihren Wagen wieder in der Hochsicherheitsgarage im Tiefgeschoß von George Ushers Bürogebäude. Die Abteilung Gewaltverbrechen war auf ihren Vorschlag eingegangen – Agenten observierten die Stätten der vorangegangenen Morde, und Scully hatte sich für diesen Beobachtungsposten freiwillig gemeldet. Jetzt setzte sie sich einen kleinen Kopfhörer auf und bezog Wartestellung.

Obwohl die Abenddämmerung gerade erst angebrochen war, lag das Parkgeschoß verlassen da. Scully fragte sich, ob die Menschen wegen der Ermordung Ushers früher Feierabend machten.

„Posten zehn, dies ist eine Routinekontrolle", rauschte die Stimme in ihrem Kopfhörer.

„Posten zehn bestätigt", flüsterte Scully zurück.

Ihre Augen musterten die Umgebung, bemühten sich, die Schatten zu durchdringen. Die Tiefgarage war nur schwach erleuchtet. Das Schweigen wirkte lähmend. Sie warf einen zweiten langen Blick in die Runde. Nichts.

Und dann hörte sie . . . Schritte.

Sie war nicht allein.

Langsam, ganz leise, stieg Scully aus ihrem Wagen.

Sie zog ihre Waffe und richtete ihre Taschenlampe in die Richtung der Geräusche.

Die Schritte stoppten. Scully ließ den Lichtschein über den ölverschmierten Boden wandern, vorbei an den dicken Stützpfeilern aus Beton: abgesehen von der weitflächigen, leeren Garage sah sie nichts.

Und dann hörte sie die Schritte wieder. Irgend jemand bewegte sich schnell und zielbewußt vorwärts. Irgend jemand kam auf sie zu.

Den Rücken an die Wand gedrückt, schob sich Scully den Schritten entgegen. Sie kamen näher. Wer auch immer mit ihr in der Garage war – er befand sich auf der anderen Seite dieser Wand.

Scully steckte die Taschenlampe in den Gürtel ihrer Hose. Sie umrundete die Ecke mit einem ausholenden Schritt, hielt die Waffe an geraden Armen im Anschlag und zielte – unmittelbar auf Mulders Brust.

Ihr Partner ergab sich und hob grinsend die Hände. „Sie würden keinen unbewaffneten Mann erschießen, oder?“ juxte er.

Scully bedachte ihn mit einem bösen Blick und atmete tief durch. Dann steckte sie ihre Waffe ins Holster. „Mulder“, fragte sie in scharfem Flüsterton, „was machen Sie hier?“

„Er wird nicht hierhin zurückkehren“, antwortete Mulder ebenso leise, ohne auf ihre Frage einzugehen. „Der Reiz für unseren Tatverdächtigen besteht darin, sich auf scheinbar unmögliche Art und Weise Zutritt zu verschaffen. Er hat diesen Ort hier bereits bezwungen. Wenn sie die X-Akte über den Fall gelesen hätten, wären Sie zu derselben Schlußfolgerung gekommen."

„Sie verraten meinen Observierungsposten", sagte Scully wütend, bemüht, ihre Stimme nicht zu sehr zu heben. Sie arbeitete jetzt für die Abteilung Gewaltverbrechen. Mulder hatte nicht das Recht, sich einzumischen. Und er hatte nicht das Recht, ihre Theorie für falsch zu erklären.

Mulder streckte ihr die Hand entgegen, die Handfläche nach oben. „Wollen Sie ein paar Sonnenblumenkerne?" fragte er sanft.

Scully wandte ihm vor Wut schnaubend den Rücken zu.

„Sie verschwenden Ihre Zeit", sagte Mulder noch einmal mit Nachdruck. „Ich gehe nach Hause."

Er sah zu, wie Scully zu ihrem Wagen zurückkehrte. Dann tauchte er in der Dunkelheit unter.

Doch Mulder ging nicht nach Hause. Er war von diesem Fall zu fasziniert, um ihn einfach beiseitezuschieben. Stunden später wanderte er noch immer durch die Schatten der Tiefgarage. Es war Nacht geworden, und außer Scully schienen alle das Bürogebäude verlassen zu haben. Mulder konnte das Summen der Luftumwälzpumpe und das Zwitschern der hausinternen Stromanlage hören. Und dann nahm er ein dumpfes, metallisches Klirren wahr.

Schnell ging Mulder hinter einem der Stützpfeiler in Deckung. Er spähte in die Gegend, versuchte, um die Ecke zu blicken. Die Geräusche schienen aus einem Bereich zu kommen, der durch ein massives Stahlgitter abgesperrt war.

Neugierig näherte sich Mulder der Absperrung. Die Geräusche wurden lauter. Das Gitter umgab die großen, mit Blech verkleideten Motoren des Belüftungssystems. Mulder trat einen Schritt zurück und nahm das System in Augenschein: Belüftungsrohre, die hoch in das Bürogebäude führten, hatten hier ihren Ausgangspunkt.

Er trat wieder näher heran und inspizierte die Rohre eingehender. Die klirrenden und scheppernden Geräusche wurden noch lauter – sie kamen eindeutig aus den Rohren ... irgend etwas befand sich in ihrem Inneren. Und eine Metallplatte, die zur Motorverkleidung gehörte, saß nicht mehr fest ... irgend jemand hatte sie geöffnet.

Wieder ließ Mulder den Lichtschein seiner Lampe durch die Gegend wandern. Dabei stellte er fest, daß eine schmale Tür in dem Stahlgitter offenstand. Nicht weit. Nur so weit, daß jemand hindurchschlüpfen konnte. Was wäre, wenn dies die entscheidende Stelle war? Was wäre, wenn der Mörder das Gebäude durch dieses Rohrsystem betreten hatte?

Mulder trat durch die offene Gittertür – und erstarrte. Das Belüftungsrohr bewegte sich! Es drückte sich von innen durch und glättete sich wieder. Raus und rein. Als würde es atmen.

Irgend etwas klettert durch das Rohr . . .

Mulder entfernte sich hastig.

„Scully!“ brüllte er, während er in Richtung ihres Wagens rannte. „Rufen Sie Verstärkung und kommen Sie her!“

Scully betätigte ihr Funkgerät. „Posten zehn, erbitte Verstärkung!“

Dann stieg sie aus dem Wagen und folgte Mulder im Laufschritt zu dem abgezäunten Bereich.

„Da drin!“ Mulder deutete auf die Rohre.

Scully zog ihre Pistole. „Bundespolizei!“ rief sie. „Ich bin bewaffnet! Keine Bewegung!“

Die Bewegung in dem Metallrohr hörte auf.

„Runterkommen . . . ganz langsam!“ befahl Scully.

Einen Augenblick lang herrschte Stille. Dann begann das Rohr zu ächzen und zu stöhnen, als sich der Kletterer in seinem Inneren nach unten bewegte.

Scully und Mulder warteten. Das Rohr bog sich durch und dehnte sich, bis derjenige, der in ihm steckte, schließlich aufhörte, sich zu bewegen.

Scully richtete ihre Waffe auf die offene Metallplatte am Fuß der Motoren. „In Ordnung, und jetzt komm raus!“ kommandierte sie. Ihre Stimme klang fest, aber ihre Muskeln waren vor Anspannung verkrampft. Ihre Vorstellung überschlug sich: Was kriecht durch das Belüftungssystem eines Wolkenkratzers? Welches Wesen . . .?

Scully spürte, wie sich ihre Anspannung lockerte, als sie das Eintreffen der Verstärkung wahrnahm. Vier weitere Agenten, darunter auch Colton, kamen auf sie zugerannt. Sie richteten ihre Waffen ebenfalls auf die offene Platte.

Scully konzentrierte sich. Undeutlich konnte sie einen Mann ausmachen, der im Dunkel der Öffnung kauerte. Er zögerte am Rand des Lichtkreises der Agentenlampen. Dann kletterte er mit den Füßen zuerst nach draußen.

Er schien Anfang zwanzig zu sein. Er hatte ein jungenhaftes Gesicht mit einer hohen Stirn, die von einer kurzen Ponyfrisur eingerahmt wurde, und trug eine braungelbe Uniform mit einem Emblem, auf dem SCHÄDLINGSBEKÄMPFUNG zu lesen war. Sein Gesicht glänzte vor Schweiß. Zitternd hob er die Hände über den Kopf. Er sah zu Tode erschreckt aus. Ein Kaninchen im Scheinwerferlicht.

„Packt ihn!“ befahl Colton.

Die anderen Agenten traten auf ihn zu und legten ihm Handschellen an.

„Sie sind festgenommen“, sagte einer der Agenten zu dem Verdächtigen. „Sie haben das Recht, zu schweigen. Alles, was Sie sagen, kann und wird vor Gericht . . .“

Colton wandte sich an Scully. „Gute Arbeit, Dana“, lobte er, wobei er darauf achtete, daß Mulder seine Worte hörte.

Scully gab keine Antwort. Sie würde jetzt nicht frohlocken – nicht vor Mulder, der ganz erschüttert wirkte.

Mulder trat an ihre Seite. „Sie hatten recht", sagte er ruhig. „Ihr Profil hat ihn exakt getroffen." Dann drehte er sich ohne ein weiteres Wort um und ging davon.

Scully blickte ihrem Partner nach. *Sie hatte recht*. Und ausnahmsweise einmal hatte sich Mulder geirrt. Warum also, fragte sie sich, gab ihr das kein gutes Gefühl?

6

Scully saß hinter dem Zweiwegspiegel. Sie blickte in einen kahlen Raum im Präsidium der Polizei von Baltimore. Bei ihr waren Mulder, Colton, Fuller und zwei Polizeibeamte: Sie alle beobachteten, wie eine Frau mit kurzen blonden Haaren Vorbereitungen traf, um den Verdächtigen einem Lügendetektortest zu unterziehen.

Der Verdächtige trug Gefängniskleidung in leuchtender Orangefarbe und saß auf einem Stuhl, gegenüber dem Zweiwegspiegel. Scully wußte, daß er sie nicht sehen konnte.

An einem Arm des jungen Mannes war eine Manschette zur Messung des Blutdrucks befestigt. Drähte liefen von der Apparatur zu den Sensoren an seinen Fingerkuppen.

Scully wußte, daß alles gemessen werden würde – sein Blutdruck, sein Herzschlag, seine Atemfrequenz. Irgendeine Veränderung dabei könnte bedeuten, daß er log. Der Verdächtige sah genauso aus wie in jener Nacht in der Tiefgarage – jung und verängstigt. Unschuldig . . . Scully schüttelte den Kopf. Sie war auf das Ergebnis des Lügendetektortests gespannt.

Die Frau stellte das Gerät so ein, daß Tinte durch

den Schreibstift floß und das Diagrammpapier langsam abgespult wurde.

Sie begann den Test mit einer einfachen Frage. „Lautet Ihr vollständiger Name Eugene Victor Tooms?“

„Ja“, antwortete der Verdächtige.

„Leben Sie im Bundestaat Maryland?“

„Ja.“ Tooms nickte.

„Sind Sie beim Amt für Schädlingsbekämpfung der Stadt Baltimore beschäftigt?“

„Ja . . .“

Die Prüferin warf einen Blick auf das Diagramm und brachte neben der Antwort die Notiz 7/+ an. Bisher sagte der Verdächtige, wie Scully wußte, die Wahrheit.

„Eugene, haben Sie die Absicht, mich hier und heute in irgendeinem Punkt anzulügen?“

„Nein“, erwiderte Tooms. Er sprach monoton, und seine Augen wirkten gläsern – als befände er sich in Trance.

„Haben Sie jemals ein College besucht?“

„Ja.“

„Haben Sie jemals die medizinische Fakultät einer Universität besucht?“

„Nein.“

„Haben Sie einem menschlichen Wesen jemals eine Leber entnommen?“

„Nein.“

„Haben Sie jemals ein lebendes Wesen getötet?"

„Ja." Wie seine Stimme war auch Tooms' Gesicht völlig ausdruckslos, ohne jede Gefühlsregung.

„Haben Sie jemals ein menschliches Wesen getötet?"

„Nein." Tooms schloß für einen kurzen Moment die Augen. Ruckartig klappte er die Lider wieder auf. Wie eine Plastikpuppe, dachte Scully widerwillig.

„Sind Sie jemals in George Ushers Büro gewesen?" fragte die Prüferin mit neutraler Stimme.

„Nein."

„Haben Sie George Usher getötet?"

„Nein."

„Sind Sie über hundert Jahre alt?"

Tooms zögerte, schien von der Frage überrascht zu sein. Dann antwortete er: „Nein."

Auf der anderen Seite des Zweiwegspiegels war auch Colton von der eigenartigen Frage überrascht. „Das muß eine Kontrollfrage gewesen sein . . ."

„Nein . . ." Mulder sah Colton direkt ins Gesicht „Ich habe sie gebeten, danach zu fragen."

Colton bedachte Mulder mit einem verwunderten Blick und wandte seine Aufmerksamkeit dann wieder dem Lügendetektortest zu.

„Sind Sie jemals in Powhatan Mill gewesen?" fragte die Prüferin.

„Ja."

„Im Jahr 1933?"

Abermals zögerte der Verdächtige, bevor er sagte: „Nein."

Colton warf Mulder einen finsteren Blick zu. „Sie wieder?"

Mulder nickte, die Augen fest auf Eugene Tooms gerichtet.

„Eugene, haben Sie Angst, diesen Test nicht zu bestehen?"

Tooms schien unsicher. Mittlerweile machte sich der Druck, unter dem er stand, eindeutig bemerkbar. „Nun . . . ja", räumte er ein. „Weil ich nichts getan habe."

Die Prüferin blickte auf das Diagramm und nickte. „Vielen Dank, Mr. Tooms. Das wäre alles."

Nachdem Tooms von den Polizeibeamten in seine Zelle zurückgebracht worden war, standen Scully, Mulder und Colton im Verhörraum und warteten auf die Testergebnisse.

„Eugene Tooms hat es geschafft", erläuterte die Prüferin. „Ein Plus. Soweit ich es beurteilen kann, hat die Versuchsperson diese Menschen nicht getötet."

Mulder schien damit nicht zufrieden zu sein. Er holte das Diagramm aus dem Gerät und setzte sich hin, um es zu studieren.

Agent Fuller betrat mit einem Seufzer den Raum. „Mit Tooms hat alles seine Ordnung", gab er bekannt. „Der Wartungsdienst in Ushers Bürogebäude hat bestätigt, wegen eines üblen Geruchs im Haus die Schädlingsbekämpfung gerufen zu haben. Sie haben in den Belüftungsrohren des ersten Stocks eine tote Katze gefunden."

Colton stand auf. „Nun, damit hat sich das erledigt."

„Nein, hat es nicht", widersprach Scully. „Es erklärt nicht, was Tooms dort mitten in der Nacht gemacht hat."

Fuller zuckte die Achseln. „Dann ist er einer der wenigen städtischen Bediensteten mit Pflichtgefühl, die wir haben. Und wir haben ihn auch noch dafür eingelocht."

„Tooms ist von sich aus in das Belüftungsrohr gekrochen. Ohne dem Sicherheitsdienst Bescheid zu sagen!" führte ihm Scully vor Augen.

„Dana . . ." Coltons Stimme war herablassend. „Tooms hat den Test bestanden. Seine Story stimmt. Er ist nicht der Täter. Das bedeutet nicht, daß dein Profil unrichtig ist."

„Scully hat recht", sagte Mulder langsam und gedankenverloren. Seine Augen waren noch immer auf das Diagramm geheftet, und er sprach mit hypnotischer Sicherheit. „Tooms *ist* der Täter."

Fuller sah Mulder an, als habe er gerade verkündet, daß der Mond ein Käse sei. „In Ordnung, Mulder." Fuller legte den Kopf schief und schob die Hände in die Hosentaschen. Er war die Geduld in Person. „Was haben Sie rausgefunden?"

Mulder deutete auf das Diagramm. „Tooms hat bei den Fragen zwölf und vierzehn gelogen", erklärte er. „Diese Antworten sprengen fast die Kurve."

Fuller studierte das Diagramm mit skeptischem Gesichtsausdruck. „Handelt es sich bei Nummer zwölf um die Frage, ob er über hundert Jahre alt sei?“ fragte er. „Lassen Sie mich Ihnen eins sagen: Sogar *ich* habe auf diese blödsinnige Frage reagiert. Und was war das mit dieser Powhatan-Mill-Sache?“

„1933 hat es in Powhatan Mill zwei Morde unter übereinstimmenden Umständen gegeben“, antwortete Mulder.

Die Prüferin räusperte sich. „Meine Interpretation dieser Reaktionen . . .“

Fuller war mit seiner Geduld am Ende. „Ich brauche weder Sie noch Ihre Maschine, um zu erfahren, ob Tooms 1933 gelebt hat!“ schrie er.

„Er ist der Täter.“ Mulder blieb unbeirrt.

Fuller funkelte ihn an. „Nun, wenn er es ist, dann lasse ich ihn laufen.“ Mit diesen Worten stampfte der Führungsbeamte aus dem Zimmer. Die Tür krachte hinter ihm ins Schloß.

Langsam stand Colton auf und ging in Richtung Tür. Scully konnte seinem Gesichtsausdruck entnehmen, daß er mit Fuller einer Meinung war. Und daß er Mulder kein einziges Wort glaubte.

„Kommst du?“ Coltons Blick sprach Bände.

Scully zögerte. Sie konnte wählen, ob sie für die Abteilung Gewaltverbrechen arbeiten wollte. Oder ob sie weiter mit Mulder zusammenarbeitete. „Tom“, sie schluckte hastig, „ich . . . ich möchte dir dafür danken, daß ich für deine Abteilung arbeiten durfte. Aber ich bin offiziell für die X-Akten abgestellt."

Coltons Augen wanderten zu Mulder, der noch immer die Kurven des Diagramms betrachtete. „Ich will sehen, was ich in dieser unerfreulichen Hinsicht für dich tun kann."

„Tom", sagte Scully sofort, „ich kann selbst für mich sorgen. Und ich möchte nicht . . ."

„Du hast selbst gesagt, daß Mulder ‚exzentrisch' wäre", unterbrach Colton sie schneidend.

Mulder blickte mit einem Ausdruck höflichen Interesses zu ihm hoch. Scully wünschte sich, woanders zu sein. Irgendwoanders. Weit entfernt.

„Aber Mulder ist mehr als ‚exzentrisch'", setzte Colton nach. „Er ist *wahnsinnig*."

7

Scully sagte nichts, als sie und Mulder aus dem Verhörraum gingen und sich durch die langen belebten Gänge auf den Weg machten, das Polizeipräsidium zu verlassen. Sie hatte sich gerade entschieden. Sie hätte mit Colton bei der Abteilung Gewaltverbrechen arbeiten können – eine Position, die von jedem FBI-Agenten respektiert worden wäre. Statt dessen hatte sie sich dafür entschieden, mit Mulder die Arbeit an den X-Akten fortzusetzen. Sie hoffte, daß sie richtig gehandelt hatte. Sie hoffte, daß sie diese Entscheidung eines Tages nicht bereuen würde.

„Mulder", sagte Scully, als sie durch das geschäftige Präsidium dem Ausgang zustrebten, „warum haben Sie das gemacht?"

„Was gemacht?" fragte Mulder unschuldig.

„Nach dem Lügendetektortest", erinnerte ihn Scully, „haben Sie Fuller und Colton gesagt, daß die Morde im Jahre 1933 Ihrer Ansicht nach von Tooms begangen wurden. Sie wußten, daß die beiden Ihnen niemals glauben würden. Warum haben Sie es darauf angelegt?"

„Vielleicht war ich der Ansicht, daß Sie den richtigen Mann geschnappt haben . . ."

Scully schüttelte den Kopf. Sie hatte mittlerweile genug Zeit mit Mulder verbracht, um zu wissen, daß dies nur die halbe Antwort war. „Und?“ setzte sie nach.

„Okay“, sprach Mulder gleichmütig weiter, „vielleicht bin ich auch schon mit zu vielen Leuten aneinander geraten, die nur deshalb feindselig sind, weil sie die . . . Möglichkeit nicht erkennen wollen, daß . . .“

„Daß was?“

Mulder schenkte ihr ein schiefes Lächeln. „Daß mein Bedürfnis, sie in Verwirrung zu bringen, manchmal stärker ist als meine Angst, wie ein Idiot dazustehen.“

„Ich glaube, es war mehr als das.“ Scully schüttelte demonstrativ den Kopf. „Es sah so aus, als wollten Sie Ihr Territorium abstecken.“

„Natürlich wollte ich das. Sie mögen bei unseren Fällen nicht mit dem übereinstimmen, was ich zu finden hoffe . . . aber Sie respektieren zumindest die Methodik. Colton hingegen respektiert nur Colton. Ich schätze, das ließ den Wunsch in mir aufkommen, ihn von unseren Untersuchungen fernzuhalten. Und ich habe nichts dagegen, wenn er weiß, daß er rausgehalten wird.“

Scully schwieg einen Augenblick lang, überrascht von Mulders Geständnis.

„Wenn Sie jedoch weiter mit ihnen arbeiten wollen“, fuhr Mulder ruhig fort, „dann nehme ich Ihnen das nicht übel.“

„Oh, nein“, sagte Scully und schüttelte erneut den Kopf. „So leicht werden Sie mich nicht los. Ich weiß, daß Sie mehr in der Hand haben müssen, was diese bizarre Theorie stützt. Sie haben mehr Anhaltspunkte als nur den Lügendetektortest. Und ich will wissen, was das ist.“

Am nächsten Morgen wußte Scully, was Mulder noch in der Hand hatte, um seine Theorie zu untermauern. Sie saßen gemeinsam vor einem geliehenen Computer bei der Polizei von Baltimore. Mulder hatte den Bericht über Eugene Tooms’ Festnahme abgerufen.

„Hier“, sagte Mulder, während er auf der Tastatur einen Befehl eintippte, „sind Tooms’ Fingerabdrücke.“

Er drückte auf ein paar weitere Tasten, und die Fingerabdrücke vergößerten sich, bis sie den ganzen Bildschirm ausfüllten.

Mulder gab noch einen Befehl ein. „Und das hier“, fuhr er fort, als ein länglicher Abdruck auf dem Schirm erschien, „ist der Fingerabdruck, den ich in Ushers Büro genommen habe. Dieser Abdruck stimmt mit den alten aus den X-Akten überein. Hier ist der Abdruck von dem Mord in Powhatan Mill im Jahr 1933.“

Scully sah keinen Zusammenhang zwischen Tooms’ Abdrücken und denen aus der X-Akte. Sie blickte Mulder achselzuckend an.

„Offensichtlich keine Übereinstimmung“, räumte er ein. „Aber was ist, wenn . . . irgendwie . . .“ Er gab einen neuerlichen Befehl ein. Jetzt erschienen Tooms' Abdrücke, die wie die eines normalen Menschen aussahen, nur auf der linken Seite des Schirms. Die länglichen Abdrücke wurden auf der rechten Seite sichtbar.

Mulder arbeitete schnell und isolierte mit Hilfe der Maus Tooms' linken Mittelfinger. Er drückte abermals auf eine Taste, und der Computer streckte Tooms' normalen Fingerabdruck, bis er so lang und schmal war wie der aus Ushers Büro stammende.

Scully entfuhr ein leiser Laut der Überraschung, als sie erkannte, worauf er hinauswollte.

„Passen Sie auf." Mulder war ganz auf sein Experiment konzentriert: Er ließ die Maus über ihr Pad gleiten, und die beiden Bilder bewegten sich auf das Zentrum des Bildschirms zu – bis sie überlappten und der Computer piepste.

Ein kleines Kästchen leuchtete im Zentrum des Schirms auf. „Übereinstimmung 100%", war zu lesen. „Übereinstimmung 100%."

Zuerst blieb Scully die Frage im Hals stecken.

„Aber wie . . .?" brachte sie schließlich hervor. „Wie könnte Tooms' Fingerabdruck derselbe sein wie ein Abdruck, der von einem vor über sechzig Jahren begangenen Mord stammt?"

„Das einzige, was ich mit Bestimmtheit weiß", murmelte Mulder, den Blick unverwandt auf den Schirm gerichtet, „ist, daß sie ihn laufengelassen haben. Sie haben ihn schon damals laufenlassen."

8

Es war dunkel, als Thomas Werner in die Auffahrt seines Hauses bog. Er hatte lange im Büro gearbeitet und freute sich auf einen Drink und aufs Bett.

Er griff nach seiner Aktentasche und öffnete die Wagentür. Dann hielt er inne. Irgendwas fühlte sich heute abend anders an. Er blieb einen Augenblick lang sitzen und versuchte, das Gefühl näher zu bestimmen.

Ein kühler Herbstwind wehte durch die offenstehende Wagentür. Blätter raschelten, als sie über den Rasen trieben, auf die Straßen hinausflogen und sich verstreuten. Tagsüber waren die Straßen in Werners Nachbarschaft vom Lärm spielender Kinder erfüllt. Jetzt aber war es spät, und die Gärten lagen ruhig und verlassen da. Es war so still, daß Werner den Wind in den Bäumen und das leise Ticken unter seinem Wagen hören konnte, als der Motor langsam abkühlte. Es war so still, daß er seinen eigenen Herzschlag hören konnte.

Die Stille war kein Problem, führte sich Werner vor Augen. Letzten Endes war er in diese Gegend gezogen, weil sie so ruhig war.

Er stieg aus dem Wagen. Der Sensor der Sicherheitsbeleuchtung an der Fassade trat in Aktion, als er näher kam. Das Licht tauchte die Auffahrt in grelles, weißes Licht. Werner blickte sich um und bemühte sich, das seltsame Gefühl abzuschütteln.

Sein dreistöckiges Haus sah genauso aus, wie es an jedem Abend aussah. So wie sein Leben war auch sein Haus: sauber, ordentlich und gut aufgeräumt. *Alles ist bestens*, sagte sich Werner im stillen. Du bildest dir etwas ein.

Werner ging aufs Haus zu, holte seine Schlüssel hervor und trat durch die Seitentür ein.

Die Straße wurde nur von bleichem Mondlicht beleuchtet. Doch der Mann, der beobachtete, wie Werner seinen Wagen verließ und das Haus betrat, hatte keine Mühe, alles zu erkennen. Seine Augen glühten von rotem, unmenschlichen Feuer. Seine länglichen Pupillen registrierten jede Kleinigkeit. Alle seine Sinne waren gespannt.

Tooms kauerte zwischen den Hecken auf der anderen Straßenseite – er wartete. Als Werner im Haus war, richtete Tooms sich auf. Mit schnellen Bewegungen überquerte er die Straße und eilte unmittelbar auf Werners Haus zu. Ein Raubtier, das der Fährte seines Opfers folgt.

Er trat direkt vor den Lichtsensor – der keinen Impuls erhielt.

Werner hatte sich nichts eingebildet. Sein Gefühl hatte ihn nicht getäuscht. Etwas *stimmte* nicht – stimmte ganz und gar nicht. Er wurde gejagt.

Methodisch suchte Tooms nach einem Zugang zu Werners Haus. Er hielt sich in den Sträuchern verborgen und ging seitlich um das Haus herum. Werners Heim war wohlgeschützt: Es gab keine Fenster oder Türen, durch die Tooms hätte eindringen können, ohne Alarm auszulösen.

Abrupt blieb Tooms stehen. Vor ihm zog sich an der Seite des Hauses ein gemauerter Kamin in die Höhe. Er lächelte. Er hatte seinen Weg gefunden.

Tooms streckte die Hände aus, packte die Mauersteine mit seinen Fingerspitzen. Er fing an, sich hochzuziehen, so mühelos, wie eine Eidechse eine Wand hinaufläuft. Er glitt nach oben, langsam, gelassen, siegessicher.

Tooms kletterte weiter, vorbei an den Fenstern des ersten Stocks. Dann vorbei an den Fenstern des zweiten Stocks. Er streckte die Finger aus, griff nach der Dachkante und schwang sich mit übermenschlicher Kraft aufs Dach.

Er blickte sich in der Dunkelheit um, und seine Augen brannten sich am Schornstein fest. Jetzt konnte ihn nichts mehr stoppen. Thomas Werner hatte keine Chance.

Werner stand in der Küche. Er lockerte seine Krawatte und runzelte die Stirn, als er anfing, die Post durchzulesen. Rechnungen. Weitere Rechnungen. Bittsteller, die ebenfalls Geld haben wollten.

Dann hörte er auf zu lesen und blickte nach oben. Er hatte ein Geräusch gehört – ein Ächzen, ein Schaben. Nein, sagte sich Werner, das konnte nicht sein. Er zog sein Jackett aus und mixte sich einen Drink.

Auf dem Dach blickte Tooms durch die Kaminöffnung nach unten. Sie war schmal, nicht breiter als fünfzehn mal dreißig Zentimeter. Es würde nicht einfach werden. Schweißtropfen traten auf seine Stirn, als er sich konzentrierte. Dann beugte er sich vor, steckte einen Arm tief in den Kamin und streckte ihn. Er streckte ihn so weit, bis die kleinen Knochen in seinen Fingern knirschten. Er streckte den Arm, bis seine Hand drei Stockwerke weit nach unten reichte – und packte die Mauersteine auf dem Boden des Rauchfangs.

Vorsichtig schob Tooms seinen Kopf in den Kamin. Der rechtwinklige Schacht war sogar noch schmaler, als er gedacht hatte: Es war kaum genug Platz für seinen Kopf. Er versuchte, seine Schultern hineinzuzwängen, doch sie waren zu breit.

Mit einem schauerlichen Knacken ließ Tooms seine linke Schulter aus dem Gelenk springen. Die Schulter glitt in die Öffnung. Ein weiteres Knacken ertönte, und die rechte Schulter folgte. Tooms konnte Thomas Werners Schweiß riechen, konnte die Hitze des Bluts in seinen Adern spüren. Da alle seine Sinne auf das Opfer konzentriert waren, fiel ihm die Jagd leicht.

Tooms vertraute auf seine unglaubliche Kraft und fing an, sich durch den schmalen Kamin nach unten zu zwängen. Das Töten fiel ihm noch leichter.

Werner blickte ein zweites Mal nach oben, als er ein Klicken hörte, das aus dem Wohnzimmer kam. Neugierig ging er in die Richtung des Geräuschs und fand wie immer alles wohlgeordnet vor.

Abgesehen von der Glastür des Kamins. Sie stand leicht offen. Von draußen pfiff der Wind herein und blies winzige Ascheflöckchen auf den Teppich.

Werner machte Anstalten, die Glastür zu schließen. Doch dann überlegte er es sich anders und beschloß, ein Feuer anzuzünden. Ein Feuer würde das leere Haus gemütlicher machen.

Er nahm einen Scheit aus dem Holzkorb und warf ihn auf die Feuerstelle. Dann kniete er sich hin und zündete das Anmachholz von unten an. Sekunden später begann ein helles, gelbes Feuer zu flackern, und Werner sah aufmerksam zu, wie die kleinen Flammen tanzten.

Ganz plötzlich erstarb das Feuer. Einen Augenblick lang fragte sich Werner, ob der Rauchfang blockiert sei, verwarf den Gedanken jedoch wieder. Er öffnete die Streichholzschachtel, um einen erneuten Versuch zu starten. Sie war leer. Er stand auf, ziemlich sicher, daß sich in einer der Küchenschubladen weitere Streichhölzer befanden, wandte sich der Küche zu – und blieb wie vom Donner gerührt stehen.

Es war etwas im Haus – und es stürmte direkt auf ihn zu. Es sah aus wie ein Mensch, konnte jedoch keiner sein. Wer auch immer – oder was auch immer – es war, es hatte Augen, aus denen rotes Feuer sprühte.

Werner bekam nicht einmal Gelegenheit zu schreien. Der Angreifer bewegte sich blitzschnell und stopfte ihm einen Knebel in den Mund. Panisch versuchte Werner, sich zu wehren. Doch seine ziellosen Tritte und Schläge erwiesen sich als wirkungslos. Der Angreifer schlug ihn mit unglaublicher Kraft zu Boden – Werners Kopf prallte hart auf, Schwärze hüllte ihn ein.

Der Kampf war zu Ende.

Die Jagd war vorüber.

Thomas Werner war bewußtlos, als sich Eugene Tooms das nahm, weshalb er gekommen war.

9

Thomas Werner hatte ein einsames Leben geführt. Er hatte nur selten Besuch gehabt – doch am nächsten Tag drängten sich viele Menschen in seinem Haus. Es waren Polizisten, die die Ereignisse der vergangenen Nacht zu rekonstruieren versuchten. Irgendwo in Werners Haus mußte es einen Hinweis geben, der sie auf die Spur des Mörders führte.

Detective Johnson von der Polizei in Baltimore fuhr ein metallenes Meßband aus. Das eine Ende gab er einem uniformierten Polizisten, der es an Werners Fußspitze hielt. Detective Johnson führte das Band bis zur Wand hinter Werners Kopf.

„Ein Meter achtundneunzig bis zur Südwand", verkündete der Detective. Er ließ das Band ins Futteral zurückschnappen. Soweit er es beurteilen konnte, gab es nur wenige klare Fakten. Das Opfer war irgendwann in der vergangenen Nacht gestorben. Und der Leichnam war nicht bewegt worden, nachdem der Tod eingetreten war. Ansonsten war dieser Mord in jeder Beziehung genauso mysteriös wie all die anderen. Wieder gab es keinen erkennbaren Zugangsweg. Und wieder war dem Opfer die Leber herausgerissen worden.

Johnson drehte sich um, als Tom Colton ins Haus geeilt kam. Der junge FBI-Agent sah angespannt und frustriert aus.

„Überprüfen wir während der nächsten vierundzwanzig Stunden sämtliche Lebertransplantationen", ordnete Colton an. „Vielleicht ist das eine Schwarzmarktsache. Irgend jemand verdient Geld damit, daß er Lebern an Leute verkauft, die verzweifelt auf eine Transplantation warten."

Johnson war von dieser Theorie nicht beeindruckt. Ebenso wenig, wie er von Colton beeindruckt war. „Also wirklich", sagte er ungeduldig. „Sie machen Witze, ja?"

„In der gegenwärtigen Situation probiere ich es mit *jeder* Theorie", blaffte Colton. Müde fuhr er mit der Hand durch sein Haar. „Mit jeder vernünftigen Theorie, wollte ich sagen."

Coltons Miene wurde noch mürrischer, als Scully und Mulder den Posten vor dem Haus passierten und eintraten.

Eilig trat ihnen Colton entgegen. „Tut mir leid, Dana", platzte er los, „aber ich möchte nur qualifizierte Mitglieder des Untersuchungsteams am Tatort haben . . ."

„Was ist los, Colton?" fragte Mulder sanft. „Haben Sie Angst, daß ich Ihren Fall lösen werde?"

Mulder machte Anstalten, auf den Leichnam zuzugehen. Colton streckte die Hand aus und packte ihn am

Arm. Mulder blieb ganz ruhig – warf ihm jedoch einen scharfen Blick zu. Colton hatte nicht das Recht, einen anderen Agenten auf diese Weise aufzuhalten. Colton besann sich schnell und ließ Mulder wieder los. Dennoch blockierte er weiterhin seinen Weg.

Scully trat zwischen die beiden Männer. „Tom, wir sind autorisiert, diesen Tatort aufzusuchen", machte sie ihrem früheren Klassenkameraden klar.

Weder Mulder noch Colton bewegten sich von der Stelle. Sie starrten sich an. Es war eine Pattsituation, und Scully wußte, daß es an ihr war, sie aufzulösen. Leider war Colton kein bißchen weniger stur als Mulder.

Doch sie besaß eine Waffe gegen Colton, die sie einsetzen konnte, die einzige Sache, um die er sich wirklich sorgte – seine Karriere. „Tom", sagte sie mit fester Stimme, „ein Bericht über die Behinderung der Untersuchungsarbeit eines anderen Agenten könnte in deiner Personalakte unangenehm auffallen."

Colton funkelte sie an, und Scully wußte, daß ihre Freundschaft vorüber war. Aber er trat zur Seite und ließ Mulder den Tatort inspizieren. Dann wandte sich Colton mit leiser, wütender Stimme an Scully. „Verrate mir eins, Dana, Darling, . . . auf welcher Seite stehst du eigentlich?"

„Auf der des Opfers", antwortete Scully gelassen und ignorierte Coltons Hieb.

Sie ließ Colton stehen, um zu hören, was die Polizeibeamten bisher gefunden hatten.

In der anderen Hälfte des Zimmers sah Mulder zu, wie die Polizisten Messungen vornahmen. Sie verrichteten ihren Job effektiv und schenkten dem Leichnam im Zentrum des ganzen Geschehens kaum Aufmerksamkeit.

Werner war mit dem Ausdruck unerträglichen Entsetzens im Gesicht gestorben. Mulder bemühte sich, in Werner mehr als nur eine Leiche zu sehen. Er war ein Mensch gewesen, der sich vermutlich von all den anderen Menschen im Raum nicht allzu stark unterschieden hatte. Ein Mensch, der den Tod, den er gestorben war, nicht verdient hatte.

Mulder beobachtete Johnson, der das Meßband von Werners Hand bis zum Kamin führte. Seine Augen weiteten sich, als er etwas entdeckte, das dem Detective entgangen war – einen Aschestreifen oberhalb der Feuerstelle. Seine längliche, schmale Form hatte etwas beängstigend Vertrautes.

„Ein Meter fünfundsechzig bis zum Kamin“, sagte Johnson in gelangweiltem Tonfall. Er ließ das Band zurückschnappen und machte sich auf einem Block Notizen.

Mulder ging zum Kamin und kniete sich hin, um das Mal eingehender zu studieren. Es handelte sich um keinen klaren Abdruck, aber die Ähnlichkeit mit den anderen Abdrücken war groß. Mulder bemerkte einen weiteren Aschestreifen, der zum Kaminsims hochführte.

Gespannt untersuchte Mulder den Sims. Die meisten Menschen stellten Fotografien oder Nippsachen auf ihren Kaminsims. Werners Sims war leer und lediglich mit einer feinen Staubschicht bedeckt.

Mulder sah genauer hin. Vielleicht war Werners Kaminsims nicht ganz so leer gewesen, wie er gedacht hatte: In der Mitte des Staubs befand sich eine kreisrunde, ganz saubere Stelle. Irgendein Objekt hatte hier gestanden, das war Mulder klar. Ein Objekt, das erst kürzlich entfernt worden war.

Mulder wandte sich von der Feuerstelle ab, als Scully auf ihn zutrat. „Das Opfer heißt Thomas Werner", berichtete sie. „Ledig, zweiundfünfzig Jahre alt ..."

„Es war Tooms", schnitt Mulder ihr das Wort ab. „Und er hat etwas vom Kaminsims mitgenommen."

10

Mulder saß im Souterrain des Polizeigebäudes von Baltimore vor einem Mikrofilmabspielgerät. Neben dem Apparat stapelten sich Filmrollen. Mulders Augen waren auf den Schirm gerichtet, während alte Fotos und Dokumente mit blitzartiger Geschwindigkeit vorbeihuschten.

Mit einem Klicken hielt er die Maschine an. Der Schirm zeigte ein mit Schreibmaschine ausgefülltes Formblatt. In der ersten Zeile war zu lesen: „Volkszählung 1903." Mulder wußte, daß ihm der Volkszählungsbericht exakt verraten würde, wer zu jener Zeit in Baltimore gewohnt hatte.

Mulder ließ einige weitere Seiten des Volkszählungsberichts über den Schirm laufen. Er beugte sich begierig vor, als er fand, was er suchte. Dieses Exemplar des Formblatts war per Hand ausgefüllt worden. In altmodischer Schrift war „Eugene Victor Tooms" zu lesen. Mulder lehnte sich auf seinem Stuhl zurück und lächelte befriedigt – endlich fingen die Einzelteile des Puzzles an, sich zusammenzufügen.

Hinter Mulder öffnete sich die Tür. Scully kam herein, einen Block mit Notizen in der Hand.

„Die Polizei von Baltimore hat Tooms' Wohnung

überprüft“, berichtete sie. „Es war eine Deckadresse. Dort hat nie jemand gewohnt. Und Tooms ist seit seiner Festnahme nicht mehr zur Arbeit erschienen.“

„Ich habe ihn gefunden!“

Scully bedachte ihren Partner mit einem fragenden Blick.

„Wie erfahren wir etwas über die Gegenwart?“ sinnierte er. „Wir sehen uns die Vergangenheit an. Dort hat alles angefangen – 1903 in der Exeter Street.“ Er deutete auf den Bildschirm.

Scully fing an, das Formblatt des Volkszählungsberichts laut abzulesen: „Eugene Victor Tooms. Geburtsdatum: unbekannt. Wohnsitz: Apartment eins-null-drei, Exeter Street Nr. 66, Baltimore, Maryland. Berufliche Tätigkeit: Hundefänger.“

Eine Beschäftigung, die der des jetzigen Tooms ähnelt, dachte sie.

„Jetzt sehen Sie sich die Anschrift des ersten Mords im Jahr 1903 an.“ Mulder spitzte vergnügt die Lippen.

Scully griff nach der X-Akte und schlug die Fotokopie eines im Jahr 1903 geschriebenen Polizeiberichts auf. „Anschrift des Opfers“, las sie. „Exeter Street Nr. 66, Apartment zwei-null-drei.“ Scullys blaue Augen wurden groß, als sie erkannte, auf was Mulder hinauswollte. „Er hat den Mann umgebracht, der über ihm wohnte!“

„Vielleicht hat der Nachbar die Victrola zu laut spielen lassen . . .“

Scully ging nicht auf den Scherz ein. „Dieser Eugene Tooms muß der Urgroßvater unseres Tooms sein“, sagte sie aufgeregt.

„Was ist mit den Fingerabdrücken? Vergessen Sie nicht: Jeder Fingerabdruck ist einzigartig. Und die anderen Abdrücke in der X-Akte stimmen alle exakt überein.“

„Die Genetik könnte ein ähnliches Muster erklären . . .“

Mulder zuckte die Achseln, stimmte ihr nicht zu, widersprach ihr aber auch nicht.

„Die Genetik könnte auch die soziopathischen Neigungen und Verhaltensweisen erklären“, fuhr Scully fort. Sie war fest entschlossen, eine rationale, wissenschaftliche Erklärung für diese eigenartigen Übereinstimmungen zu finden.

„Wie?“ Mulder wirkte aufrichtig interessiert.

Scully besann sich auf die Fallstudien, die sie während ihres Medizinstudiums gelesen hatte. „Es fängt an mit einem Familienmitglied, das Kinder mit einer soziopathischen Verhaltensweise aufzieht.“

„Kleine Mörder“, übersetzte Mulder.

„Oder Kriminelle“, pflichtete ihm Scully bei. „Meistens Kinder, die gewalttätig sind. In jedem Fall eine Familie, deren Kinder schwer gestört sind. Wenn dieser Nachkomme dann ein Kind aufzieht, das ebenso gefährlich . . .“

Mulder sah sie ausdruckslos an, dann griente er:

„Womit haben wir es also zu tun – mit den Anti-Waltons?“

„Nun, was meinen Sie denn?“ Scully spürte, wie ein Gefühl der Frustration in ihr aufstieg. Ein vertrautes Gefühl – denn so war es immer, wenn sie versuchte, Mulder von einer vernünftigen Theorie zu überzeugen.

„Ich meine, daß wir Eugene Tooms aufspüren müssen“, antwortete Mulder aufgeräumt. „In diesem Jahr gab es bereits vier Opfer, eins wird er sich noch holen. Wenn wir ihn jetzt nicht erwischen, besteht die nächste Chance, ihn zu schnappen, erst wieder im . . .“

„. . . Jahr 2023“, rechnete Scully aus.

„Und bis dahin werden Sie die Leiterin des Amts sein“, fügte Mulder hinzu, ohne aus dem Takt zu kommen. „Deshalb, denke ich, sollten Sie sich die Volkszählungen vornehmen. Ich werde die Heirats-, Geburts- und Sterbeurkunden dieses Jahrhunderts durchackern. Und . . .“ Sein Schwung erlahmte, als er auf den Bildschirm blickte und erkannte, welch monumentale Aufgabe er sich da gestellt hatte.

„Und was?“ Scully mußte wider Willen schmunzeln.

„Und haben Sie Aspirin bei sich?“ fragte Mulder erschöpft. Er deutete mit schmerzerfülltem Gesicht auf das Abspielgerät. „Diese Dinger machen mich nämlich krank.“

Scully unterdrückte ihr Lächeln und machte sich auf die Suche nach einem weiteren Abspielgerät.

Mulder öffnete einen kleinen Karton und holte die

nächste Mikrofilmrolle hervor. Geduldig fädelte er sie ein. Dann lockerte er seine Krawatte, krempelte die Ärmel hoch und setzte seine Lesebrille auf. Es würde ein langer Morgen werden. Ein sehr langer Morgen.

Mulder und Scully ließen Berge von Informationen über die Stadt Baltimore durchlaufen. Die Jahre huschten über ihre Bildschirme . . . 1904 . . . 1909 . . . 1912. Und in jedem Jahr studierten die beiden FBI-Agenten Informationen über Tausende von Menschen. Sie suchten nach etwas – nach irgend etwas – über Eugene Victor Tooms.

Stunden später lehnte sich Mulder auf seinem Stuhl zurück und setzte die Brille ab. Er rieb sich den Nasenrücken – er war müde und gelangweilt und kam langsam auf den Gedanken, daß diese Suche vielleicht gar keine so gute Idee war. Trotzdem, das wußte er, durfte er sich nicht entmutigen lassen. Er zwang sich, zum Abspielgerät und den endlosen Aufzeichnungen zurückzukehren.

Er verspürte einen Funken Hoffnung, als sich Scully kurz darauf neben ihn setzte. „Etwas gefunden?" murmelte er.

Scully sah genauso müde aus, wie er sich fühlte. Sie schüttelte den Kopf. „Nein . . . Eugene Tooms scheint vom Erdboden verschwunden zu sein. Was haben Sie?"

„Niemals geboren, niemals geheiratet, niemals gestorben . . ." Mulder zählte die ernüchternden Fakten an seinen Fingern ab.

„Zumindest nicht im Baltimore County", fügte Scully hinzu.

Mulder seufzte. Scully hatte recht. Was war, wenn Tooms einen Teil seines Lebens an einem anderen Ort verbracht hatte? Wie konnten sie ihn dann jemals aufspüren?

„Auf eine Sache bin ich allerdings gestoßen." Scully gähnte und reckte sich energisch.

„Auf was?"

Scully reichte ihm ein Blatt Papier. „Das ist die gegenwärtige Adresse des Mannes, der 1933 die Morde in Powhatan Mill untersucht hat."

11

Scully und Mulder gingen durch den Freizeitraum des Lynne-Acres-Altersheims in Baltimore. Ein Gruppe von Bewohnern hatte sich vor einem Fernsehgerät versammelt und sah sich eine Game Show an. Die meisten saßen in Rollstühlen. Fast alle sahen aus, als wären sie mindestens achtzig Jahre alt. Das ganze Haus roch nach hohem Alter.

Scully warf einen Blick auf die Gruppe und sah dann weg. Orte wie dieser machten sie traurig. Sie fragte sich, ob sie hier einen Hinweis auf den Fall Eugene Tooms finden würden. Hier, im Wartezimmer des Todes.

Eine Pflegerin trat auf sie zu. „Ich habe mich gerade erkundigt“, sagte sie. „Frank Briggs ist oben in seinem Zimmer. Nummer sieben dreiundneunzig. Er erwartet Sie.“

„Vielen Dank . . .“ Scully nickte der Frau zu.

Fünf Minuten später standen sie und Mulder im Flur des siebenten Stockwerks vor Briggs' Zimmer. Die Tür stand einen Spalt offen. Mulder klopfte an.

„Kommen Sie rein!“ krächzte eine heisere Stimme.

Scully trat als erste in das winzige Studio-Apartment. Ein Doppelbett mit einer orangefarbenen Decke nahm den größten Teil des Raums ein. Eine Lampe und eine billige Pendeluhr standen auf einer hohen Kommode vor dem Fenster. Die Uhr tickte laut. Die Wände legten Zeugnis ab von Briggs' Polizeikarriere, und Scully registrierte die Fotografie einer Polizeieinheit und eine Ehrenurkunde.

Frank Briggs saß in der Nähe des Fensters in einem Rollstuhl. Er mußte etwa fünfundachtzig Jahre alt sein, schätzte Scully. Er war zwanglos gekleidet mit einem am Kragen offenen gelben Hemd, das sich straff um seine Magenpartie spannte. Scully musterte das Gesicht des pensionierten Detectives: Er hatte weiße Haare, einen Schnurrbart und die krumme, geschwollene Nase eines Mannes, der mehr als einen Kampf hinter sich hatte. Hinter der Brille mit Goldrand wirkten seine blauen Augen noch immer wachsam und lebendig.

Briggs deutete auf die beiden Sessel am Fußende seines Betts. Scully und Mulder nahmen Platz.

„Ich habe fünfundzwanzig Jahre auf Sie gewartet", schnarrte Briggs.

„Sir?" Scully holte überrascht Luft.

„Ich habe 1968 den Dienst quittiert", erklärte Briggs. „Nach fünfundvierzig Jahren als Cop."

„Können Sie uns etwas über die Morde in Powhatan Mill im Jahr 1933 erzählen?" Mulder lächelte. Ihm gefiel der Alte.

Briggs nickte. „Ich war damals Sheriff . . ." Er verstummte. Dann starrte er blicklos aus dem Fenster, als sei dieses Thema zu schwierig für ihn. Als könne er nicht darüber reden.

Sechzig Jahre sind vergangen, dachte Scully, und der alte Mann scheint immer noch von den Erinnerungen überwältigt zu werden.

Die Stille wurde einen endlosen Moment lang nur vom Ticken der Uhr erfüllt. Schließlich seufzte Briggs, bedeutete ihnen, daß sie näher rücken sollten, und fing an, mit leiser Stimme zu erzählen. Er sprach in kurzen Sätzen – für mehr reichte seine Kraft nicht.

„Powhatan Mill war beispiellos“, sagte er. „Ich hatte vorher schon einige Morde erlebt. Auch blutige. Aber ich konnte immer nach Hause gehen, mit meinem Jungen ein bißchen Baseball spielen und nicht mehr daran denken. Man muß diese Kunst beherrschen, wenn man ein Cop ist, richtig?“

Scully nickte. Was Briggs sagte, stimmte. Bei der Polizeiarbeit mußte man seinen Job ganz hinter sich lassen, wenn man nach Hause ging.

„Aber die Morde in Powhatan Mill. . .“ Briggs hüstelte. „Als ich in diesen Raum trat, wurde mein Herz eiskalt. Meine Hände wurden taub. Ich konnte . . . *es* spüren . . .“

„*Was* spüren?“ Mulder neigte sich noch weiter vor.

Der alte Mann blinzelte die Tränen weg und rang um eine Erklärung. „1945, kurz nach dem Ende des Zweiten Weltkriegs, hörte ich zum ersten Mal von den Vernichtungslagern der Nazis. Und ich erinnerte mich an diesen Raum in Powhatan Mill. Und wenn ich jetzt die Kurden und die Bosnier im Fernsehen sehe, dann . . . ist dieser Raum wieder da!“

„Ich bin mir nicht sicher, ob ich die Zusammenhänge erkenne“, sagte Scully vorsichtig.

Der alte Mann seufzte. „Was ich in jenem Raum sah . . . Es war so, als ob alle entsetzlichen Taten, zu denen Menschen fähig sind irgendwie . . . eine Art menschliches Monstrum geboren hätten. Und jener Raum in Powhatan Mill lieferte den Beweis für das, was dieses Monstrum tun konnte. Ich sah die Leichen, die es zurückließ.“

Briggs blickte zur Seite – sein Gefühlsausbruch machte ihn verlegen.

Scully legte ihm die Hand auf den Arm. „Ist schon in Ordnung. Ich glaube, ich verstehe, was Sie empfunden haben.“

Briggs holte tief Luft und sprach weiter. „Deshalb habe ich auf Sie gewartet . . . Weil ich wußte, daß *es* niemals aufhören würde. Und ich habe darauf gewartet, daß *es* zurückkehrt.“ Seine Augen forschten in Mulders Gesicht. „Es hat wieder getötet, nicht wahr?“

„Viermal“, antwortete ihm Mulder. „Bisher.“

Briggs zeigte auf eine Truhe in der Ecke neben seinem Bett. „Da ist eine Schachtel in der Truhe. Würden Sie sie bitte für mich herausholen?“

Mulder öffnete die Truhe und holte einen alten

Pappkarton mit verstärkten Ecken hervor. Er legte die Schachtel aufs Bett und schob Briggs' Rollstuhl heran. Der pensionierte Polizeibeamte nahm den Deckel ab, und Scully sah, daß die Schachtel mit dicken Aktenmappen gefüllt war.

Briggs wedelte mit der Hand über die Schachtel. „Das sind all die Beweise, die ich gesammelt habe", sagte er mit wieder festerer Stimme zu den beiden Agenten. „Offiziell und inoffiziell. Werfen Sie einen Blick darauf."

„Inoffiziell?" Scully hob die Augenbrauen, während sie und Mulder anfingen, die Mappen durchzublättern.

Briggs hüstelte in die Hand. „Ich wußte, daß die fünf Morde 1963 von derselben ... Person begangen wurden", sagte er. „Von derselben, die 1933 getötet hatte. Aber inzwischen hatte mich das Büro des Sheriffs zur Schreibtischarbeit abgeschoben. Sie sagten, ich wäre zu alt. Wollten mich nicht an den Fall ranlassen. Aber ich habe die Dinge auf meine Weise verfolgt. Ich wußte, daß eines Tages jemand kommen würde, der die Informationen gebrauchen kann, die ich gesammelt habe."

Scully griff in den Karton und holte einen Glasbehälter hervor. In seinem Inneren war eine klare Flüssigkeit, bei der es sich vermutlich um Formaldehyd handelte. Ein rotes Gewebeteil schwamm in der Flüssigkeit.

„Ein Stück von einer entfernten Leber?"

Briggs nickte. „Am Tatort zurückgelassen. Wie Sie

wissen, waren Lebern nicht die einzigen Trophäen, die er mitnahm."

„Was meinen Sie damit?" Mulder sah von dem Pappkarton auf.

„In jedem Fall berichteten Familienangehörige davon, daß kleine persönliche Gegenstände fehlten", gab Briggs zur Antwort.

Mulder und Scully sahen sich an. Beide dachten sie an das Objekt, das auf Werners Kaminsims fehlte.

„Eine Haarbürste bei dem Walters-Mord", fuhr Briggs knarrend fort. „Eine Kaffeetasse beim Taylor-Mord . . ."

„Haben Sie jemals den Namen Eugene Edgar Tooms gehört?" fragte Mulder, während er neben Briggs' Rollstuhl niederkniete.

Der alte Mann versteifte sich. „Sie wissen, daß es so ist." Er kramte im Schachtelinhalt herum und zog eine voluminöse Mappe hervor.

„Als sie mich 1963 nicht an den Fall heranlassen wollten, habe ich ein bißchen auf eigene Rechnung gearbeitet", sagte Briggs stolz. „Ich habe diese Kontrollaufnahmen gemacht."

Er fing an, einen Packen glänzender Schwarzweißfotos durchzublättern. Er gab Mulder eine körnige Fotografie. „Da haben wir es . . . Das ist Tooms."

Mulder studierte das Foto kommentarlos und reichte es an Scully weiter.

„Das war natürlich Tooms vor dreißig Jahren", fügte Briggs hinzu.

Alles auf dem Foto – die Autos, die Schilder im Schaufenster – wirkte alt. Nur Eugene Tooms nicht. Briggs hatte ihn geknipst, als er aus einem Lieferwagen stieg. Tooms trug die Uniform eines Hundefängers. Er hatte dieselbe kurze Ponyfrisur. Er hatte denselben leicht erschrockenen, jungenhaften Gesichtsausdruck.

Ein Schauder durchlief Scully, als sie sich in allen Einzelheiten vor Augen führte, daß Tooms 1963 *haargenau* so ausgesehen hatte wie dreißig Jahre später. Er war keinen Tag älter geworden.

Mulder griff nach einem weiteren Foto.

„Das da“, sagte Briggs mit dem Feuer eines alten Spürhunds, der noch einmal jagen darf, „ist die Wohnung, in der Tooms lebte. Sie lag in der . . . äh . . .“

„Exeter Street Nr. 66?“ mutmaßte Mulder.

„Das ist es“, nickte Briggs mit zufriedener Miene. „Genau da.“

Mulder hielt Scully das Foto hin, und sie studierte es eingehender. Die Fotografie zeigte ein großes Ziegelsteingebäude in einer schmalen Straße, das wie ein Lagerhaus wirkte. Auf einem Schild war zu lesen: PIERRE PARIS & SONS.

Scully erkannte das Gebäude als eins der Häuser, die man um die Jahrhundertwende gebaut hatte. Auch 1963 befand es sich noch in guter Verfassung.

Mulder streckte Frank Briggs die Hand entgegen. „Vielen Dank“, sagte er aufrichtig. „Sie sind uns eine große Hilfe gewesen.“ Er drehte sich zu Scully um und sagte: „Ich glaube, es ist an der Zeit, daß Sie und ich der Exeter Street Nr. 66 mal einen Besuch abstatten ...“

Scully nickte, während sich etwas in ihrer Magengegend verkrampfte. Sie kamen Tooms näher, das konnte sie spüren. Und sie konnte nicht verhindern, daß sie Angst hatte. Angst vor dem, was sie finden würden.

12

Scullys Hände lagen auf dem Lenkrad. Ihre Augen waren konzentriert auf den Verkehr vor ihr gerichtet. Doch in Gedanken war sie noch bei dem Gespräch, daß sie im Lynne-Acres-Altersheim geführt hatten.

„Was halten Sie von Frank Briggs?“ fragte sie Mulder. Sie bog in eine Straße ein, die in eine der ältesten Gegenden Baltimores führte. Ihr Ziel war das Gebäude auf Briggs’ Foto – Exeter Street Nr. 66.

„Ich denke, es ist schade, daß Briggs pensioniert ist. Er war ein guter Polizist.“

„Ich meine seine Theorie . . . Daß Tooms eine Art Monster ist. Das Allerschlimmste, zu dem Menschen fähig sind, in einem einzigen Mann konzentriert.“

Mulder zuckte die Achseln. „Ich weiß nicht, ob Tooms auf dieselbe Art und Weise böse ist wie Hitler“, sagte er langsam. „Ich bin mir nicht sicher, ob er eine Ideologie hat. Oder ob er überhaupt denkt. Tooms könnte mehr wie ein Tier sein, das tötet, um zu überleben. Das Resultat ist jedoch bei beiden das gleiche. Er ist ein brutaler Mörder, der gestoppt werden muß.“

Scully fuhr schneller, als der Verkehr abnahm. In diesem Teil der Stadt gab es keine Bürogebäude oder Ladengeschäfte. Die Straßen wurden gesäumt von

Lagerhäusern und alten Fabrikgebäuden. Die meisten von ihnen sahen verlassen aus und gähnten die Vorüberfahrenden mit toten Türhöhlen an.

„Hier ist es.“ Scully nahm eine letzte scharfe Kurve.

Die Exeter Street war schmal und dunkel. Hohe Gebäude auf beiden Straßenseiten hielten das Tageslicht fern. Scully hatte den Eindruck, daß die Exeter Street mehr einer Sackgasse als einer Straße ähnelte. Sie parkte den Wagen gegenüber von Nr. 66.

„Ruhige Gegend“, stellte Mulder beiläufig fest.

„Sie meinen: verlassen.“ Scully rieb sich die Hände, als fröre sie.

Vor den Gebäuden türmten sich Müllberge auf, und auch die Straßen waren mit Abfall bedeckt. Die Häuser sahen aus, als hätte sich jahrelang niemand um sie gekümmert – geschweige denn in ihnen gewohnt.

Nr. 66 war eindeutig dasselbe Gebäude, das sie auf Frank Briggs’ Foto gesehen hatten. Scully erkannte die rote Ziegelsteinfassade und die beiden niedrigeren Gebäude daneben. Jetzt jedoch bröckelten die roten Ziegelsteine. Die Fenster waren vernagelt. Das Schild mit der Aufschrift PIERRE PARIS & SONS war stark verblichen. Und die Wand in Erdgeschoßhöhe war mit Grafitti bedeckt.

Scully blickte an dem Gebäude hoch. Wenn Mulder und Briggs recht hatten, dann war dies das Haus, in dem Eugene Victor Tooms 1903 gelebt hatte. Und 1963. Und 1993 . . .? War er wirklich auch jetzt noch hier?

Sie zog ihre Waffe und folgte Mulder zu dem verbretterten Eingang. Es war an der Zeit, eine Antwort zu finden.

Scully und Mulder betraten die Exeter Street Nr. 66 und schalteten ihre Taschenlampen ein.

Sie befanden sich in einem schmalen Flur. Im Inneren des Gebäudes war es stockfinster, Staubflöckchen schwebten im Strahl ihrer Taschenlampen. Der Ort roch nach Schimmel und Verfall.

Die beiden Agenten bewegten sich schweigend durch das alte Haus. Vor ihnen kreuzten sich die Strahlen ihrer Taschenlampen in der Dunkelheit.

Am Fuß einer Holztreppe tauschten Scully und Mulder einen Blick. Sie würden sich noch um die Wohnungen in den Obergeschossen kümmern, wenn es nötig wurde. Zuerst jedoch wollten sie sich das Erdgeschoß vornehmen.

Scully ging voran, den Flur entlang zu der Wohnung, in der Eugene Tooms gelebt hatte.

„Hier ist eins-null-drei“, sagte sie und senkte unwillkürlich ihre Stimme. Sie blieb vor einer verwitterten Holztür stehen.

Sie drehte den Knopf und drückte dagegen. Die Tür schwang mit Leichtigkeit auf, und Scully trat als erste ein. Die Fußbodendielen knarrten unter ihren Füßen.

Es war ganz einfach eine alte Wohnung. Die Fenster

waren verrammelt. Schmale Lichtstreifen sickerten durch das faulende Holz. Abgesehen von einigem Müll auf dem Fußboden war das Zimmer leer. Aber Scully konnte nicht verhindern, daß ein Anflug von Grauen über ihr Gesicht huschte.

Mulder nickte verständnisvoll. „Der alte Mann hat recht", murmelte er. „Man kann es fühlen."

Nichts in Scullys wissenschaftlicher Ausbildung hatte sie auf so etwas vorbereitet. Es handelte sich um eins der Phänomene, an die sie normalerweise nicht glaubte: Man betrat einen leeren Raum und spürte etwas Grauenhaftes – eine Erinnerung, die in den Wänden gefangen war und in der Luft hing. Aber Briggs *hatte* recht. Hier war etwas Furchtbares geschehen. Und das Gefühl davon war noch immer in diesem Raum und füllte ihn aus. So real wie die Waffe, die sie in der Hand hielt.

Scully ließ den Strahl ihrer Lampe über die Wände huschen. Sie war fest entschlossen, sich auf das Physische zu konzentrieren. Sie wollte Zeugnisse, die sie anfassen konnte. Beweismittel, die vor Gericht Gültigkeit haben würden.

Scully stellte fest, daß die Außenmauer aus Ziegelsteinen hinter dem abgeplatzten Putz sichtbar wurde. Die Farbe blätterte von den Wänden. Eine dreckige Keramikspüle stand unter einem verrosteten Arzneischränkchen ohne Tür. An einer Wand lehnte eine verschmutzte Matratze ... Aber es gab keine

Anzeichen von Tooms. Fraglos war es eine Ewigkeit her, daß jemand in dieser Wohnung gelebt hatte.

„Hier ist nichts.“ Scully wandte sich zu Mulder um. „Gehen wir.“

Doch die alte Matratze hatte Mulders Interesse geweckt: Er hielt sie von der Wand weg und leuchtete mit der Taschenlampe dahinter. Dann ließ er die Matratze auf den Boden fallen. „Sehen Sie sich das an!“

Scully sah, was seine Aufmerksamkeit erregt hatte: ein unregelmäßig geformtes, über einen Meter großes Loch in der Wand. Groß genug, daß ein Mann hindurchschlüpfen kann, dachte Scully. Sie leuchtete mit ihrer Lampe hinein – und sah eine Leiter, die nach unten in die modrige Dunkelheit führte.

„Was ist da unten?“ Mulder spähte in die Tiefe.

„Keine Ahnung“, erwiderte Scully munterer, als ihr zumute war. Sie steckte ihre Pistole in den Gürtel. „Finden wir es heraus.“

Ohne zu zögern, stieg Scully auf die Metalleiter. Der Anhänger ihrer Halskette pendelte hin und her, als sie Stück für Stück nach unten kletterte.

Mulder war unmittelbar hinter ihr.

Es gab nur etwa ein Dutzend Sprossen, bis sie den Boden erreichten. Sie fanden sich in einem pechschwarzen Raum wieder, noch finsterer als der Flur oben. Scully richtete den Lichtschein ihrer Lampe nach oben. Dicke Rohre liefen an den Querbalken der niedrigen Decke entlang – sie befanden sich im Keller des Gebäudes.

Es war frostig und feucht. Und das *Gefühl* war noch deutlicher als oben in der Wohnung. Scully unterdrückte einen Schauder. Sie war nicht gewillt, sich von Frank Briggs' – oder ihrer eigenen Phantasie – überwältigen zu lassen.

Vorsichtig begannen die beiden Agenten mit der Untersuchung des dunklen Kellergeschosses. Schließlich schüttelte Scully enttäuscht den Kopf. „Nichts . . . Es ist nur ein alter Kohlenkeller."

„Was ist das?" fragte Mulder leise. Er richtete seine Taschenlampe nach vorne, und das Licht wurde überraschend reflektiert.

Mulder trat auf das glänzende Objekt zu. „Hat hier jemand einen Hinterhofladen aufgemacht?"

Auf einer Holzkiste stand eine Sammlung von Gegenständen: eine Pfeife, ein Kaffeebecher, ein gläsernes Feuerzeug, eine Emailleschachtel, eine Bonbonschale, eine Schneekugel mit einem Modell der Erde.

Mulder kniete nieder, um die Sammlung näher zu betrachten. Er nahm das Feuerzeug hoch, so daß Scully seinen Fuß sehen konnte. „Das ist die Form, die auf Werners Kaminsims stand . . ."

Scully nickte und dachte daran, was ihnen Frank Briggs über Tooms erzählt hatte. „Briggs sagte, daß er Trophäen mitnimmt."

„Wohnt Tooms hier?" fragte sich Mulder laut.

Immer noch kniend, ließ er den Strahl seiner Lampe durch den Kohlenkeller wandern. Die gegenüberliegende Wand war, wie Scully sah, von Schimmel gesprenkelt und feucht.

„Sieht so aus, als ob die Wand verrottet . . .“

„Nein . . .“ Mulder schüttelte energisch den Kopf. „Irgend jemand hat sie so hergerichtet.“

Bevor Scully fragen konnte, was er meinte, ging Mulder hinüber, um die Wand zu untersuchen. Sekunden später war sie an seiner Seite. Er hatte recht, erkannte sie. Irgend jemand hatte ein eigenartiges Sammelsurium von Dingen an die Wand gepappt. Schmutzige Lumpen, Fetzen von Zeitungspapier und Müll wären zusammengesteckt worden, um eine große Beule zu bilden. Sie erstreckte sich auf ganzer Wandbreite vom Fußboden bis zur Decke.

„Es ist ein Nest.“ Mulders Stimme klang verblüfft. Er beugte sich noch weiter vor.

Scully erkannte, daß das Nest mit einer triefenden gelbgrünen Substanz zusammengefügt worden war. Genau in der Mitte der Beule befand sich eine Öffnung. „Sehen Sie mal“, sagte sie leise, „das muß der Zugang sein. Glauben Sie, da ist jemand drin?“

Wie um ihre Frage zu beantworten, griff Mulder schnell in das Loch und berührte es.

Scully wollte seinem Beispiel schon folgen – da wurde ihr klar, um was es sich bei der triefenden Substanz handelte.

„Oh, mein Gott, Mulder.“ Ihr war speiübel, und sie kämpfte gegen den Brechreiz an. „Es riecht wie ... ich glaube, es ist *Galle*. Tooms muß sie den Lebern seiner Opfer entnommen haben.“

„Oh!“ Mulder zuckte zurück. Er verzog das Gesicht, als sei auch ihm ein bißchen übel. „Glauben Sie, daß es eine Möglichkeit gibt, sie von meinen Fingern zu entfernen, ohne daß ich dabei mein cooles Erscheinungsbild aufs Spiel setze?“

Scully machte sich nicht die Mühe, ihm zu antworten.

Mulder rieb seine Hand hastig auf dem Fußboden sauber. Dann richtete er sich auf und untersuchte wieder das Nest. „Ich glaube nicht, daß Tooms hier wohnt“, meinte er. Seine Gedanken überstürzten sich und setzten ein Bild zusammen, daß mit den Informationen der X-Akte dieses Falls übereinstimmte. „Ich glaube, daß Tooms hier ... seinen Winterschlaf hält.“

„Winterschlaf?“

„Ja, ich glaube schon ... Hören Sie, was wäre, wenn irgendeine genetische Mutation einen Menschen in die Lage versetzte, alle dreißig Jahre aufzuwachen?“

„Mulder!“ Scully hob die Stimme. Diesmal hatte er den Bogen überspannt – nicht einmal er *selbst* konnte an eine derartig absurde Theorie glauben.

Aber Mulder war von seiner Idee zu begeistert, um noch an sich zu halten. „Was wäre, wenn die fünf Lebern für den Lebensunterhalt während dieser

Periode sorgen würden? Was wäre, wenn sie es seinen Körperzellen ermöglichen würden, sich zu regenerieren, so daß er niemals altert? Was wäre, wenn Tooms ein genetischer Mutant des zwanzigsten Jahrhunderts ist?“

Scully dachte etwa fünf Sekunden lang darüber nach. Dann verwarf sie den Gedanken. Die Trophäen und das Nest waren unheimlich – doch sie reichten bei weitem nicht, eine solch wilde Theorie zu rechtfertigen. Aber dies war nicht der richtige Zeitpunkt, um darüber zu diskutieren. Sie und Mulder mußten sich über etwas viel Ernsteres Gedanken machen.

„In jedem Fall ist Tooms nicht hier“, sagte sie energisch. „Aber er wird zurückkommen.“

Mulder nickte. „Wir werden ein Überwachungsteam brauchen.“

Scully bedachte ihn mit einem schiefen Lächeln. Sie wußte, daß es nicht einfach werden würde, Verstärkung zu bekommen. Colton hatte sich von Anfang an gegen die Mitarbeit des X-Akten-Teams gewehrt. Er würde sich nicht freuen, wenn sie zusätzliche Agenten anforderten.

„Das wird einiges Fingerhakeln erforderlich machen“, machte sie Mulder klar.

„Dann halte ich Wache ...“ Er zuckte mit den Achseln. „Und Sie gehen in die Stadt und sehen, was Sie beim Fingerhakeln erreichen können.“

Scully nickte. Sie würde tun, was sie tun konnte.

Die beiden Agenten gingen zur Leiter, um den Kohlenkeller zu verlassen. Diesmal hatte Mulder die Führung übernommen. Plötzlich blieb Scully stehen und holte tief Luft. „Warten Sie!“ Entsetzen griff nach ihr. „Ich . . .“

Mulder fuhr herum. „Was ist los?“

„Ich . . . ich glaube, ich bin irgendwo hängengeblieben“, haspelte Scully. Sie wand sich ein bißchen. Was auch immer sich an ihr verfangen hatte, löste sich. „Alles in Ordnung“, rief sie erleichtert. „Ich hab's geschafft.“

Sie folgte Mulder die Treppe hoch und verließ den Kohlenkeller, so schnell sie konnte.

Die Decke des Kohlenkellers war mit Rohren überzogen. Wenn Scully mit ihrer Taschenlampe direkt nach oben geleuchtet hätte, hätte sie eine Hand zwischen den Rohren erkannt. Eine Hand, die jetzt ihr Halsband umkrallte.

Wenn sie mit ihrer Lampe noch höher geleuchtet hätte, hätte sie Eugene Tooms' feuerrote Augen gesehen. Er war die ganze Zeit an Ort und Stelle gewesen. Als die Agenten den Keller verließen, folgten ihnen seine glühenden Blicke. Seine Hand verkrampfte sich um Scullys Halsband.

Eine Trophäe für jedes Opfer.

Vier Opfer hatte er gerissen. Doch er war noch nicht satt.

Ein Opfer fehlte noch.

Er hatte es soeben gefunden.

13

Mulder saß in seinem Wagen, direkt gegenüber von Exeter Street Nr. 66. Selbst im hellen Tageslicht wirkte das alte Gebäude unheimlich. Es atmete dunkle Geheimnisse. Es sandte finstere Strahlen bis weit in die pulsierende Stadt hinaus. Es ergriff und verschluckte alles Helle und Freundliche – wie eben auch das Tageslicht, das der Macht des Bösen nichts entgegenzusetzen hatte. Nicht direkt vor seiner Haustür.

Mulder griff in die Tasche, holte ein Taschentuch hervor und wischte sich die Finger ab. Zum dritten Mal. Er wußte, daß es albern war, aber er konnte nicht anders. Er konnte nicht vergessen, wie sich der Schleim angefühlt hatte, der Tooms' Nest zusammenhielt. Er wußte, daß Tooms kein normaler Mensch war, – und ein Teil Mulders kam nicht gegen das Gefühl an, daß das Böse in Tooms alles befleckte, was von ihm berührt wurde.

Mulder rutschte unruhig im Wagen hin und her. Er bemühte sich, seine Ungeduld zu zügeln. Warten war ein unabdingbarer Teil seines Jobs, doch es gefiel ihm nicht.

Seine Blicke huschten zum Rückspiegel, als sich die Hintertür seines Wagens öffnete und ein Mann mittleren Alters im Geschäftsanzug einstieg. Sekunden später glitt ein zweiter Mann auf den Beifahrersitz. Mulder hatte sie erwartet. Es waren die Agenten Kennedy und Kramer von der Abteilung Gewaltverbrechen.

Mulder blickte auf seine Uhr. „Wurde auch langsam Zeit", gähnte er.

Kramer fuhr mit der Hand über eine kahle Stelle auf seinem Kopf. „Also, nach wem halten wir jetzt wieder Ausschau?"

Mulder hielt den Bericht über die Festnahme und das Polizeifoto von Tooms' Unschuldsmiene hoch. „Eugene Tooms. Er ist unbewaffnet, aber betrachten Sie ihn als gefährlich."

Die beiden Agenten nickten. Beide waren schwergewichtige Männer, älter als Mulder. Beide sahen zuversichtlich aus – und in Gedanken hatten sie den Fall bereits abgeschlossen.

„Scully und ich werden Sie in acht Stunden wieder ablösen, wenn Tooms bis dahin nicht aufgetaucht ist", versprach Mulder. „Genau hier."

„Alles klar", schnaufte Kennedy. Dann fügte er mit einem gewissen Unterton noch hinzu: „Spooky."

Beide Agenten lachten. Mulder zögerte einen Augenblick, in seinem Gesicht zeigte sich keine Reaktion. Sie konnten ihn nennen, wie sie wollten – Namen machten ihn nicht nervös. Was ihn nervös machte, war die Gewißheit, daß Eugene Tooms wieder töten würde . . .

In einem kleinen Büro des Polizeipräsidiums in Baltimore blickte Scully auf die Uhr. Es war fast halb sieben abends. Jetzt blieben ihr noch gut zwei Stunden, bis sie mit Mulder wieder auf Beobachtungsposten gehen mußte. Genausogut konnte sie noch für ein Weilchen nach Hause fahren. Der Gedanke an ein heißes Bad war ... zu verlockend. Sie fühlte sich irgendwie schmutzig, beschmutzt, als klebe die tote Luft aus Tooms' Kohlenkeller noch immer auf ihrer Haut.

Sie packte gerade den Rest ihrer Sachen in die Aktentasche, als sich die Tür des Büros öffnete. Tom Colton rauschte herein. Er warf die Tür so kräftig ins Schloß, daß die Milchglasscheibe klirrte.

Scully zog eine Augenbraue hoch. Colton war fraglos über irgend etwas aufgebracht. Er hatte es noch nie verstanden, seine Gefühle zu verbergen.

Colton warf ein Blatt Papier auf den Schreibtisch. „Wir müssen uns unterhalten", sagte er wütend.

Scully konnte sich durchaus denken, um was es ging. Und sie wollte ganz bestimmt nicht mit Tom Colton darüber diskutieren. „Ich kann mich jetzt nicht unterhalten. Ich muß mich mit Mulder treffen." Sie warf ihm einen kühlen Blick zu.

„Genau darüber müssen wir uns unterhalten", beharrte Colton. Er beugte sich vor und hämmerte während des Redens auf den Schreibtisch.

„Du benutzt zwei meiner Männer und läßt sie vor

einem Haus herumsitzen, das seit zehn Jahren unbewohnbar ist“, raunzte er.

„Deine Untersuchung wird dadurch in keiner Weise behindert.“ Scully blieb ruhig.

Coltons Augen wurden hart. „Bei unserem ersten Mittagessen hatte ich mich wirklich auf die Zusammenarbeit mit dir gefreut. Du warst eine gute Agentin, Dana. Aber jetzt, wo ich gesehen habe, welcher Gehirnwäsche dich Mulder unterzogen hat . . . Ich kann dich gar nicht weit genug wegwünschen.“

Scully stand auf. Sie hatte genug gehört. Colton benahm sich wie ein verzogener Dreijähriger. Ohne ihn eines Blicks zu würdigen, schickte sie sich an, das Büro zu verlassen.

Doch Colton stoppte sie zum Abschied mit einem Volltreffer. „Die Mühe hinzufahren kannst du dir sparen . . . Ich habe dafür gesorgt, daß die Observierung abgeblasen wurde.“

Scully wirbelte herum und sah ihn an. Mit ihrer Beherrschung war es vorüber. „Das kannst du nicht!“

Colton lächelte böse. „Stimmt, ich kann es nicht. Aber mein regionaler Abteilungsleiter kann es. Besonders nachdem ich ihm etwas über die unverantwortliche Verschwendung von Arbeitsstunden erzählt habe.“

Scully ging zum Telefon, aber Colton griff zuerst danach.

„Nein, laß mich es tun“, säuselte er mit aufreizender

Höflichkeit. „Laß mich Mulder anrufen und ihm die Neuigkeit mitteilen."

Scully zitterte vor Wut, als Colton wählte. Sie waren so nahe daran, Tooms zu schnappen, und Colton mit seinem aufgeblasenen Ego und seinem Ehrgeiz ruinierte alles.

„Muß man das tun, um die ‚Leiter hochzuklettern'?" Ihre Stimme war leise und zornig.

„Bis ganz nach oben", versicherte ihr Colton selbstgefällig.

„Ich kann es gar nicht erwarten, bis du abstürzt und dir das Genick brichst!"

Colton blickte Scully nach, die nach draußen stürmte. Er lächelte. Er würde Mulder und Scully von diesem Fall abbringen, ein für allemal.

Er hörte, wie sich Mulders Anrufbeantworter meldete. „Hier ist Fox Mulder", sagte die Bandstimme. „Ich bin nicht anwesend. Bitte hinterlassen Sie eine Nachricht."

Soll mir ein Vergnügen sein, dachte Colton, während er auf den Piepston wartete. Es soll mir ein Vernügen sein, dir zu sagen, daß deine Observierung gestrichen wurde.

Scully war geistesabwesend, als sie nach Hause fuhr. Ihre Gedanken umkreisten den Fall – er war eine massive Mauer, durch die sie keinen Weg finden konnte. Sie dachte wieder an Briggs. Sie erinnerte sich an seine Worte, daß er normalerweise einen Fall vergessen konnte, wenn er nach Hause ging. Daß dies notwendig war, wenn man bei der Polizei arbeitete und dabei nicht verrückt werden wollte.

Scully verstand ganz genau, was er meinte. Allein der Anblick des wunderschönen alten Hauses, in dem sie wohnte, sorgte gewöhnlich dafür, daß der Arbeitsstreß von ihr abfiel. Heute abend jedoch war das unmöglich. Dieser Fall begleitete sie, jede Sekunde des Tages.

Scully parkte vor ihrem Haus und ging auf den beleuchteten Eingang zu. Sie konnte nicht wissen, daß dieser Fall sie tatsächlich nach Hause begleitet hatte.

Eugene Tooms verbarg sich hinter dem Wagen, der vor dem ihren parkte, und beobachtete jede ihrer Bewegungen. Seine Fingerspitzen zuckten. Seine Augen glühten in rotem Fieber.

Die Jagd hatte begonnen.

14

Dunkelheit hüllte die Stadt ein. Die Rush-hour war fast vorüber, und die Bürgersteige im Geschäftsviertel waren leer. Mulder kehrte zurück zur Exeter Street Nr. 66. Er war den ganzen Tag über unruhig gewesen, hatte weder essen noch schlafen können. Und er war auch nicht in der Lage gewesen, irgendwelche Arbeiten im Büro zu erledigen. Seine nächste Schicht auf dem Beobachtungsposten begann erst in zwei Stunden, aber er konnte nicht einfach abwarten. Nicht jetzt, da sie Tooms' Nest gefunden hatten. Nicht jetzt, wo sie so nahe daran waren, ihn zu schnappen.

Er bog in die Exeter Street ein und parkte gegenüber von Nr. 66. Es gab hier keine Straßenbeleuchtung. Der Schatten des Gebäudes ragte hoch und drohend ins Mondlicht. Qualm stieg aus einem Gully im Bürgersteig. Die Straße wirkte noch verlassener als am Tage.

Die Straße sollte eigentlich nicht so verlassen sein, dachte Mulder. Er blickte auf seine Uhr. Kennedy und Kramer sollten nach seiner Order noch immer anwesend sein und das Haus beobachten.

Mulder stieg aus dem Wagen und blickte die leere Straße hinunter. Von den beiden Agenten keine Spur. Auch der Wagen war verschwunden.

„Wo seid ihr?“ rief er laut. „Kramer, Kennedy?“

Keine Antwort.

„Scully“, sagte er beinah schon kleinlaut, „sind Sie hier?“

Wieder nur Schweigen.

Mulder hatte ein ungutes Gefühl. Sein Magen zog sich zusammen. Irgend etwas stimmte nicht. Stimmte ganz und gar nicht.

Schnell lief er auf das Haus zu, in dem Eugene Tooms lebte.

Scully trat in ihre Wohnung. Sie war gleich nach ihrem Akademieabschluß hier eingezogen und hatte hart daran gearbeitet, daraus das perfekte Heim zu machen. Ein wirkliches Zuhause, in das man gerne zurückkehrte. Die geräumigen Zimmer waren in warmen, sonnigen Farben gehalten. Alles war ordentlich und sauber – ein Teil eines harmonischen Ganzen.

Heute abend jedoch achtete Scully nicht auf das Willkommen ihrer Wohnung. Mit schnellen, ärgerlichen Bewegungen hängte sie ihren Mantel auf und stieß die Schuhe von sich. Sie schäumte noch immer vor Wut, weil Colton die Observierung abgeblasen hatte. Sie fragte sich, was er wohl zu Mulder gesagt hatte und wie Mulder damit fertig wurde.

Sie goß sich ein Glas Mineralwasser ein und griff nach dem schnurlosen Telefon.

Sie tippte Mulders Nummer und seufzte, als nur der

Anrufbeantworter seine Botschaft abspulte. Wie kam es nur, daß Mulder nie zu Hause war, wenn sie wirklich dringend mit ihm sprechen mußte?

„Mulder", begann sie, „ich nehme an, Sie sind weggegangen, weil uns Colton für die Nacht ‚frei' gegeben hat. Ich würde sagen, daß wir ihm ein Verfahren anhängen. Ich bin *außer mir.* Rufen Sie mich an, wenn Sie zurückkommen. Bis dann."

Sie legte den Hörer auf und ging ins Badezimmer, um sich Wasser einzulassen. Sie liebte die große, alte Badewanne mit ihren Klauenfüßen und die farbigen Kacheln an den Wänden. Über der Wanne hatte sie Naturschwämme aufgehängt und kleine Regale mit Badeölen angebracht. Ein großes Milchglasfenster überflutete den Raum am Tag mit Licht, nachts sorgten die hellen Kacheln für eine anheimelnde Atmosphäre.

Scully stellte die Hähne für kaltes und heißes Wasser an und regulierte sie, bis die Temperatur stimmte. Sie wünschte, Mulder würde zurückrufen – sie konnte sich nicht richtig entspannen, bevor sie nicht mit ihm gesprochen hatte. Bis sie sich überlegt hatten, wie sie an Colton vorbeikamen. Und Tooms schnappen konnten.

Sie war gerade im Begriff, ihre Haare hochzustecken, als sie feststellte, daß sie ihre Haarbürste in der Handtasche hatte. Die Handtasche lag im Schlafzimmer, und Scully ging hinüber, um die Bürste zu holen.

Deshalb sah sie es nicht. Sie sah nicht die Konturen des Mannes, der seinen Körper gegen ihr Badezimmerfenster preßte.

Mulder schob sich durch die aufgebrochene Tür des Hauses Exeter Street Nr. 66. Er konnte nicht begreifen, was mit den beiden FBI-Agenten passiert war, die das Gebäude observieren sollten. Und er konnte nicht vergessen, daß Tooms in diesem Haus schon einmal gemordet hatte. Mulder hoffte nur, daß er hier und heute nicht erneut zugeschlagen hatte.

Er ließ seine Taschenlampe aufblitzen und ging den verlassenen Flur zu Apartment 103 hinunter. Die Tür stand noch immer offen.

Als Mulder in die leere Wohnung trat, begann sein Herz zu rasen. Nie war er sich so sicher gewesen, daß das Böse eine lebende, atmende Präsenz war. Er war soeben in seinen Bannkreis getreten. Und er hatte nicht den geringsten Zweifel: Tooms war hier gewesen.

Mulder wäre am liebsten so weit fortgerannt, wie er nur konnte. Doch er zwang sich, Fuß vor Fuß setzen, selbst wenn das bedeuten konnte, daß er Eugene Tooms begegnete.

Die alte Matratze befand sich genau an der Stelle, an der er und Scully sie zurückgelassen hatten. Mulder hielt die Taschenlampe in der einen Hand und holte mit der anderen seine Pistole hervor. Langsam trat er durch das Loch in der Wand. Dann stieg er Stückchen für Stückchen die Leiter in jene Hölle hinunter, die doch nur ein Kohlenkeller war.

Er ließ den Lichtschein durch den dunklen Raum wandern. Der Keller sah ebenfalls unberührt aus. Das ergibt keinen Sinn, sagte sich Mulder im stillen. Tooms mußte zurückgekehrt sein – er konnte es fühlen.

Mit klopfendem Herzen durchquerte Mulder den Kellerraum. Er richtete den Strahl der Taschenlampe auf die Holzkiste: Tooms' Trophäen leuchteten ihm entgegen. Er sah die Schneekugel, die Pfeife und Werners Feuerzeug.

Doch inzwischen war eine neue Trophäe dazugekommen. Mulder erstarrte. Eiswasser jagte durch seine Adern. An der Trophäenkiste baumelte Scullys Halsband.

15

Scully stand in ihrem Schlafzimmer vor dem Spiegel. Sie steckte ihre Haare für das Bad hoch, nahm ihr Spiegelbild jedoch kaum wahr. In Gedanken war sie noch immer bei dem Fall. Sie wußte, daß sie bei ihrem Bemühen, Tooms zu finden, heute ein Stück weitergekommen waren. Und das, was sie herausgefunden hatten, gefiel ihr gar nicht. Hat Mulder möglicherweise recht? fragte sie sich. War Tooms eine Art Mutant, der dreißig Jahre an einem Stück im Winterschlaf verbrachte? Und der sich am Leben hielt, indem er Menschen umbrachte und ihre Lebern verzehrte? Lebte er wirklich seit Anfang des Jahrhunderts? Oder noch länger?

Reumütig lächelnd schüttelte Scully den Kopf. Bis zum Vorliegen medizinischer Untersuchungsberichte, die etwas anderes bewiesen, würde sie Eugene Victor Tooms als Menschen betrachten. Als einen sehr gefährlichen Menschen.

Scully warf einen Blick auf die Uhr. Während sie ihr Bad nahm, hatte Mulder noch ungefähr eine weitere Stunde Gelegenheit zurückzurufen. Nach dem Bad würde sie – ob sie nun etwas von ihm gehört hatte oder nicht – zur Exeter Street hinüberfahren. Selbst wenn

Mulder die Mitteilungen auf seinem Anrufbeantworter nicht abhörte, war sie sich ziemlich sicher, daß sie ihn dort treffen würde. Und wenn sie die Observierung allein zu Ende bringen mußten, dann würden sie das eben tun. Sie würde nicht zulassen, daß Colton diesen Fall verpfuschte.

Sie ging zurück ins Badezimmer, gerade noch rechtzeitig zum Abdrehen des Wassers. Die Wanne war fast voll. Sie streckte die Hand nach einem der Fächer aus, in dem ihre Badeöle und Lotionen untergebracht waren. Sie wählte ein Fläschchen mit einer hellblauen Flüssigkeit und schüttete den Inhalt in die dampfende Wanne. Der aromatische Duft von Rosmarin erfüllte den Raum.

Scully fing an, die unteren Knöpfe ihrer Bluse zu öffnen, hielt aber inne, als sie merkte, daß sie ihren Morgenmantel vergessen hatte. Der Fall hat mich eindeutig aus dem Konzept gebracht, dachte sie und schüttelte den Kopf. Entweder das oder ihr Gedächtnis ließ nach. Sie ging zurück ins Schlafzimmer.

In diesem Augenblick spürte sie es. Etwas Feuchtes klebte an ihrem Handgelenk. Sie hielt es hoch ans Licht und sah zwei Tropfen einer klaren grüngelben Flüssigkeit.

Das ergibt keinen Sinn, dachte sie. Das Badeöl war blau. Und außerdem hatte sie nichts verschüttet. Sie dachte einen Moment lang nach. Das Haus war alt, vielleicht hatte die Decke zur Wohnung über ihr einen Riß.

Sie blickte zur Decke hoch und spürte, wie sich die Muskeln in ihrer Brust vor Furcht verkrampften. Unmittelbar über ihr befand sich ein Lüftungsrost. Eine dickliche grüngelbe Flüssigkeit hing in einer Ecke des Rosts.

Nein! Scully holte tief Luft. Sie kämpfte gegen eine Anwandlung von Panik. Sie hob die Hand und roch an der Flüssigkeit auf ihrem Handgelenk – ihr Körper erstarrte vor Entsetzen, als sie den Geruch erkannte.

Plötzlich wurde sie sich auf furchtbare Weise bewußt, wie allein sie war. Und ihr fiel ein, wie viele Verstecke es in ihrer Wohnung gab. Vor allem für jemanden, der sich durch Rohre zwängen konnte. Oder in den Lüftungsschacht über ihr.

Sie berührte die grüngelbe Substanz – sie mußte ihrer Sache ganz sicher sein. Und das war sie. Es lag kein Irrtum vor: Es konnte nur Galle aus einer menschlichen Leber sein.

„Oh, mein Gott . . .“

Mulder saß in seinem Wagen und blickte auf die rot und blau blinkenden Lichter in der Ferne. Er stützte einen Ellenbogen aufs Lenkrad und ließ den Kopf in der Hand ruhen. Er konnte es nicht glauben. Ausgerechnet jetzt mußte auf dem Highway ein Unfall passieren! Während der letzten zwanzig Minuten hatte sich der Verkehr nicht weiterbewegt.

Mulder konnte nur an das denken, was er im Keller

von Exeter Street Nr. 66 gefunden hatte. *Tooms hat ihr Halsband. Tooms hat Scullys Halsband.* Das konnte nur eines bedeuten: Scully sollte sein fünftes Opfer werden.

Mulder griff nach seinem Handy und tippte Scullys Nummer ein. Zum zwanzigsten Mal. Er rief sie ständig an, seit er die Exeter Street verlassen hatte.

Wieder und wieder klingelte Scullys Telefon. Mulder konnte es nicht begreifen. Scully hatte einen Anrufbeantworter – das Gerät müßte sich melden, wenn sie nicht zu Hause war.

„Komm schon, Scully“, knurrte er. „Antworte endlich!“

Aber er hörte nur das Geräusch ihres endlos klingelnden Telefons. Und diese vergeblichen Signale ängstigten ihn noch mehr als der Anblick ihres Halsbands in Tooms’ Sammlung.

Mulder seufzte vor Erleichterung, als sich die blinkenden Lichter in Bewegung setzten. Ein paar Sekunden später rollten auch die Wagen vor ihm wieder an.

Mulder wählte Scullys Nummer ein letztes Mal, während er darauf wartete, daß der Verkehr wieder Normalgeschwindigkeit annahm. Dann warf er das Telefon zur Seite und trat das Gaspedal hart durch. Er hoffte, daß er nicht zu spät kam. Er hoffte, daß es einen hübschen, harmlosen Grund dafür gab, daß Scully nicht ans Telefon ging.

Es gab in der Tat einen Grund dafür, daß sich Scully nicht meldete. Doch der war weder hübsch noch harmlos. Sie meldete sich nicht, weil ihr Telefon überhaupt nicht klingelte. Mulder würde nicht durchkommen, sooft er es auch versuchen mochte. Niemand konnte durchkommen – denn die Telefondrähte im Keller von Scullys Haus waren durchgeschnitten worden.

Eine Sekunde lang fror die Panik jeden einzelnen Muskel in Scullys Körper ein. *Ich bin mit Tooms allein in der Wohnung.* Ihr Herz hämmerte einen Rhythmus des Entsetzens durch ihre Adern. *Tooms jagt mich.*

Sie zwang sich, tief Luft zu holen. Die Panik löste sich, und ihre antrainierten Instinkte übernahmen das Kommando. Sie rannte ins Schlafzimmer. Ihre Pistole. Sie mußte ihre Pistole in die Hand bekommen.

Sie hatte nur eine Lampe im Zimmer angelassen – die Lampe auf ihrem Nachttisch. Der Rest des Schlafzimmers war dunkel. Tooms konnte überall sein. Im Wandschrank. Unter dem Bett. In den Schatten gekauert. *Bitte,* dachte sie, *laß ihn nicht hier sein.*

Sie eilte zu ihrem Schreibtisch. Der Schreibtisch stand in der dunkelsten Ecke des Raums. Hektisch suchte sie nach ihrer Pistole. Ihre Hand schloß sich um Papiere, um ihren Laptop, um eine Schachtel mit Büroklammern – die Pistole war nicht da.

Sie zwang sich, ruhig zu überlegen. Wo hatte sie sie gelassen? Sie wußte, daß sie die Pistole von der Arbeit mit nach Hause genommen hatte ... In ihrer Handtasche. Die Pistole war noch in der Handtasche. Und die Handtasche lag auf dem Bett.

Sie stürmte quer durch das Zimmer. Sie streckte die Hand nach der Handtasche aus und riß sie auf. Ihr Herzschlag verlangsamte sich, als sich ihre Finger um den vertrauten Metallauf schlossen.

Jetzt war *sie* der Jäger.

Sie brachte die Pistole mit vorgestreckten Händen in Anschlag. Sie fing an, sich langsam durch die Wohnung zu bewegen und nach Tooms zu suchen.

Mit der Schulter schaltete Scully die Schlafzimmerbeleuchtung ein. Sie blickte unter das Bett, in den Wandschrank, unter den Schreibtisch – überall, wo er sein mochte ... Außer ihr war niemand im Schlafzimmer. Doch Tooms befand sich noch immer in der Wohnung, da war sie sich sicher.

Vorsichtig machte sie sich auf den Weg ins Wohnzimmer. Sie erinnerte sich an die Abdrücke in Werners Haus und überprüfte den Kamin. Keine Spur von Tooms. War er noch immer im Lüftungsschacht über dem Badezimmer?

Sie schob sich in den Flur, der zum Badezimmer führte. Langsam, lautlos bewegte sie sich vorwärts. Ihr war, als würde sie mit dem ganzen Körper lauschen – sie wartete auf das leiseste Geräusch, das auf Tooms' Versteck deuten könnte.

Sie blickte zu einem Lüftungsrost in der Flurdecke

hoch. Nichts. Sie wirbelte herum, als sie hinter sich ein Geräusch zu hören glaubte. Konzentriert richtete sie ihre Waffe auf ein Heizungsgitter kurz über dem Fußboden. Wieder nichts.

Abermals holte sie tief Luft – und ging weiter in Richtung Badezimmer.

Sie sah nicht, wie sich die Abdeckung des Heizungsgitters öffnete. Sie hörte nur das ohrenbetäubende Krachen, als es aus der Wand flog und auf den Fußboden schepperte.

Im gleichen Augenblick zuckte Tooms' Hand aus dem Schacht, umklammerte ihr Bein und zog es ihr weg.

Scully stürzte schwer zu Boden. Die Pistole glitt ihr aus der Hand und schlitterte außer Reichweite – über den Fußboden des Badezimmers unter die Wanne.

Es gelang ihr, sich herumzuwälzen, so daß sie auf dem Rücken lag. Das Entsetzten paralysierte sie, als sie Tooms anstarrte. Sein Gesicht wurde von dem rechteckigen Schacht eingerahmt. Er sah nicht länger verängstigt und harmlos aus – er sah aus wie ein tückisches, gieriges Raubtier. Ein Raubtier, das im Begriff war, seine Beute zu verschlingen.

Eine ganze Weile kreuzten sich Scullys und Tooms' Blicke. Dann durchdrang ein leises, animalisches Knurren die Wohnung. Und Tooms, der seine unglaubliche Kraft einsetzte, fing an, sich auf sie zuzuziehen.

Scully wußte, daß sie noch nie einem Gegner wie

Tooms gegenübergestanden hatte. Daß dies der härteste Kampf ihres Lebens werden würde. Und daß es ihr letzter sein würde. Wenn sie nicht gewann.

16

Mulders Wagen kam quietschend vor Scullys Apartmenthaus zum Stehen. Er stieg aus und hielt einen Augenblick lang inne. Seine Blicke suchten die Fenster im vierten Stockwerk ab. Es brannte Licht in Scullys Wohnung. Sie war da, keine Frage. Und er würde alles, was er besaß, darauf verwetten, daß Tooms bei ihr war.

Mulder rannte auf die Haustür zu, hetzte dann durch die Eingangshalle zur Treppe. Er wollte nicht riskieren, im Aufzug steckenzubleiben.

Er nahm gleich zwei Stufen auf einmal. Dann jagte er den Flur hinunter, der zu Scullys Wohnung führte.

„Scully!" Er hämmerte gegen die Tür.

Keine Antwort.

„Scully!" Seine Stimme überschlug sich.

Immer noch keine Antwort. Er versuchte es mit dem Türknopf. Doch Scully war vorsichtig gewesen, wie gewöhnlich – die Tür war fest verschlossen.

Mulder legte das Ohr an die Tür. Es kamen Geräusche aus der Wohnung . . . Geräusche eines erbitterten Kampfes.

Zumindest lebt sie noch. Mulder gewann neuen Mut. Doch ihm war klar, daß Scully nur noch ein paar Minuten zu leben hatte, wenn es ihm jetzt nicht gelang, schnell hineinzukommen.

Scully wußte, daß sie zwei Dinge tun mußte. Sie mußte sich aus Tooms' Umklammerung befreien. Und sie mußte ihre Pistole wieder in die Hand bekommen. Anderenfalls hatte sie keine Chance.

Verzweifelt krallte sie sich am Rahmen der Badezimmertür fest. Mit aller Kraft zog sie sich darauf zu und trat gleichzeitig heftig nach dem Arm, der sich um ihr Fußgelenk schlang. Erneut trat sie zu. Und diesmal schaffte sie es, sich aus Tooms' Griff zu befreien.

Immer noch auf dem Rücken glitt sie weg von dem Schacht – ins Badezimmer. Eine Sekunde lang hielt sie inne, schreckerfüllt und außer Atem. Dann sah sie voller Unglauben, wie ... sich Tooms' Körper streckte, wie er unmöglich lang und schmal wurde und aus dem Schacht schnellte. Scully fand nicht einmal Zeit zum Schreien. Eine Sekunde lang hing er in der Luft. In der nächsten landete er auf ihr und nagelte sie auf dem Fußboden fest.

Scully wehrte sich wild, um ihm zu entkommen, aber Tooms war zu stark. Er war auf den Knien, hockte über ihr. Mit der Kraft von zehn Männern drückte er sie nieder. Er stank nach Schweiß und Galle.

In dem verzweifelten Versuch, ihn abzuschütteln, wälzte Scully ihren Körper zur Seite. Tooms ließ nicht locker. Er packte ihr Kinn mit einer Hand. Dann hob er die andere. Sie begriff blitzschnell, was er vorhatte. Er wollte sie bewußtlos schlagen, damit er sich das, wonach er gierte, in Ruhe nehmen konnte.

Scully wußte nicht, ob sie genug Kraft besaß, um ihm zu entkommen. Aber sie besaß bestimmt genug Kraft, um ihm die Sache schwerzumachen: Sie kam ihm zuvor. Bevor er sie schlagen konnte, versetzte sie ihm einen harten Kinnhaken, und Tooms' Kopf flog zurück. Scully sah einen Hoffnungsschimmer – ihr Gegner war verletzlich.

Tooms holte wieder mit dem Arm aus. Diesmal riß Scully beide Hände nach vorn. Wie eine Katze zielte sie mit den Fingernägeln nach seinen Augen. Kratzend, krallend . . . Wenn sie ihn blenden konnte, würde sie eine Chance haben.

Mit einem Wutschrei packte Tooms ihre Handgelenke. Sie stöhnte auf, als er sie über ihrem Kopf auf den Fußboden schmetterte. Mit einer Hand hielt er sie dort fest.

Und mit der anderen griff er nach ihrer rechten Seite. In seinen Augen brannte das rote Feuer eines rasenden Hungers. Einer mörderischen Gier.

Scullys Herz schlug so schnell, daß sie glaubte, es würde explodieren. Das Entsetzen durchzuckte sie wie ein Blitz. Das war es. Sie wußte mit schrecklicher Klarheit, was passieren würde. George Usher und Thomas Werner. Aufgerissen, ausgewaidet, verblutet. Tooms würde sie töten – damit er leben und erneut töten konnte.

Und sie, sie hatte keine Chance.
Sie konnte ihn nicht aufhalten.

17

Mulder trat gegen Scullys Tür. Sein Bein schmerzte vom Fußgelenk bis zum Oberschenkel. Es paßte zu Scully, daß sie sich für eine Wohnung mit einer Tür wie aus Eisen entschieden hatte.

Er zog das Bein zurück und versetzte dem Holz einen weiteren kraftvollen Tritt. Schließlich begann sie zu splittern. Er trat noch einmal zu, mit der Kraft der Verzweiflung – und diesmal gab die Tür nach.

Mulder lief in die abgedunkelte Wohnung und zog seine Pistole. „Scully, sind Sie hier?" brüllte er.

Die Antwort bestand aus einem gedämpften Schrei.

Er betätigte den Lichtschalter im Wohnzimmer. Der Raum war perfekt aufgeräumt. Und leer.

„Scully?"

Er hörte gedämpftes Poltern. Diesmal war er sich sicher, daß es aus dem Badezimmer kam.

Mulder erreichte die offene Badezimmertür, und einen Augenblick lang bemerkte er Tooms nicht einmal. Er sah nur, daß Scully noch lebte.

Dann machte er sich schnell ein Bild von der Szene. Tooms hatte sie losgelassen und stand mit dem Gesicht zum Badezimmerfenster. Ein klirrendes Geräusch erfüllte den Raum, als Tooms' nackte Faust durch das

Milchglas krachte. Mit unmenschlicher Kraft streckte Tooms die Hand nach oben und fing an, sich zu der Öffnung im Glas emporzuziehen.

Inzwischen war Scully auf den Beinen. Und sie war nicht gewillt, Tooms entkommen zu lassen. Sie warf sich hart gegen ihn, packte seine Beine.

„Keine Bewegung!“ brüllte Mulder. Doch er konnte nicht schießen. Scully stand ihm im Weg.

Mulders Herzschlag setzte aus, als sich Tooms zu Scully umdrehte.

Er griff nach ihrer Kehle und drückte zu. Mulder hatte eine ziemlich klare Vorstellung von der Kraft Tooms' – Scully war nur zwei Sekunden von einem Genickbruch entfernt.

Hastig öffnete Mulder seine Handschellen und sprang auf Tooms zu. Er packte Tooms' Arm, war jedoch nicht schnell genug, um ihn zu fesseln.

Tooms ließ Scully los und wirbelte herum zu Mulder. Wie ein wütender Stier griff Tooms an und stieß Mulder zu Boden.

Mulder rollte sich ab und trat nach Tooms. Tooms ließ sich dadurch nicht stoppen, aber Mulder gewann ein bißchen Zeit und Bewegungsspielraum. Er wußte, daß er keine Chance haben würde, wenn ihn Tooms richtig zu packen bekam.

Tooms stand jetzt vor ihm, brüllend wie ein verwundetes Tier. Er hob seine Hand wie eine Messerklinge und wollte sie auf Mulder niedersausen lassen.

Scully packte Tooms' anderen Arm. Sie ließ Mulders geöffnete Handschelle um Tooms' Handgelenk schnappen und schloß die zweite Schelle um den Wasserhahn der Badewanne.

Sofort war Mulder auf den Füßen, seine Automatik auf Tooms gerichtet. Tooms zerrte an der Metallschelle. Er drehte und wand sich. Doch die alten Schellenglieder waren stark. Und allmählich fügte sich Tooms. Wurde ruhiger. Diesmal konnte er nicht entkommen.

Die Waffe weiterhin auf Tooms gerichtet, blickte Mulder zu Scully hinüber. Sie lehnte sich an die Wand, noch immer schwer atmend.

„Alles in Ordnung?" Seine Stimme schwankte.

Scully nickte. Sie zitterte und war bleich wie der Tod.

Mulder warf einen Blick auf ihren Gefangenen. Er hatte sich wieder unter Kontrolle. „Nun . . . zumindest wird er in diesem Jahr seine Quote nicht vollmachen."

Scully lächelte, zum ersten Mal an diesem Tag.

18

Morgendliches Sonnenlicht strömte durch die Fenster des Lynne-Acres-Altersheims. Frank Briggs hielt sich in seinem Zimmer auf und las die Tageszeitung. Wie gewöhnlich saß er in seinem Rollstuhl und war allein. Es gibt nicht mehr viel, was ich tun kann, um die Nachrichten zu verändern, sinnierte er. Wenigstens konnte er sich noch auf dem laufenden halten.

Tiefe Traurigkeit erfüllte ihn, als er die Schlagzeile auf der Titelseite sah. Sie lautete: DIE KONSEQUENZEN DER ETHNISCHEN SÄUBERUNG. Über der Schlagzeile war ein Foto mit Kriegsopfern abgebildet. Es ist grauenvoll, dachte Briggs. Schlimmer noch – es hörte nie auf. Warum mußten Menschen einander diese Dinge immer wieder antun?

Bedauernd schüttelte Briggs den Kopf und blätterte um. Seine Augenbrauen hoben sich überrascht, als er eine viel kleinere Schlagzeile sah: VERDÄCHTIGER SERIENMÖRDER GEFASST. Und rechts davon war Eugene Victor Tooms' Porträt zu sehen.

Briggs blinzelte die Tränen weg, während er den Artikel las. Diese beiden FBI-Agenten, Mulder und Scully, hatten es geschafft. Sie hatten dieses Monstrum Tooms hinter Schloß und Riegel gebracht. Ein Fall, mit dem er 1933 begonnen hatte, war endlich abgeschlossen.

Briggs seufzte und gönnte sich einen der wenigen Augenblicke von Zufriedenheit. Letzten Endes hatte er doch noch dazu beigetragen, dem Grauen ein klein wenig Einhalt zu gebieten.

In einer winzigen Zelle der psychiatrischen Abteilung des Staatsgefängnisses von Maryland saß Eugene Tooms auf dem schmalen Gefängnisbett. Er hatte die gleiche Zeitung wie Briggs in der Hand. Einen Augenblick lang ließ er den Blick auf seinem Porträt ruhen. Dann fing er an, die Zeitung methodisch in lange, schmale Streifen zu zerreißen.

Tooms hielt einen der Streifen hoch und fuhr mit der Zunge darüber. Er zerknüllte das glitschige Papier in der Hand. Dann warf er es an die Wand in der Ecke seiner Zelle, wo es auf den Boden fiel – an den Fuß eines wachsenden Bergs aus Papierfetzen. Tooms griff nach dem nächsten Streifen und leckte ihn ab. Zufrieden blickte er in die Ecke: Sie sah der Wand im Keller des Hauses Exeter Street Nr. 66 bereits sehr ähnlich.

Mulder stand vor der Tür von Tooms' Zelle und blickte durch das kleine, kreisförmige Beobachtungsfenster. Er wußte, daß die Tür aus Stahl bestand. Und daß die vergitterte Zelle zusätzlich durch ein massives Drahtgeflecht gesichert war. Tooms war sicher eingekerkert. Warum also wirkte er noch immer so bedrohlich?

Mulder beobachtete, wie Tooms unbeirrt die Zeitung zerriß und die Fetzen dem Haufen an der Wand hinzufügte. Mulder wandte den Blick auch dann nicht ab, als er die Schritte Scullys hörte, die vom anderen Ende des Korridors auf ihn zukam.

„Sehen Sie sich das an“, sagte er beunruhigt und fasziniert zugleich. „Er baut sich ein anderes Nest.“

Der bloße Anblick von Tooms jagte Scully eine Gänsehaut über den Rücken. Daß er ein neues Nest baute, war kein gutes Zeichen. Dennoch: er befand sich in Gewahrsam. Endlich war er hinter Schloß und Riegel. Endlich.

„Alles ist aktenkundig“, berichtete sie mit gedämpfter Stimme. „Sie haben unsere Aussagen. Die Beweismittel sind gesichert. Wir können die Untersuchung jetzt dem Baltimore-Büro überlassen.“

Mulder gab keine Antwort.

„Colton hat tatsächlich versucht, sich in den Fall reinzuhängen“, fuhr Scully fort. „Aber seine Vorgesetzten haben es gemerkt und ihn aus der Abteilung Gewaltverbrechen rausgeschmissen.“ Sie bemühte sich, den Triumph in ihrer Stimme zu unterdrücken, als sie hinzufügte: „Er ist in die Abteilung Wirtschaftskriminalität im Büro von Sioux Falls versetzt worden.“

Mulder zuckte die Achseln. Colton war für ihn nicht von Belang. Er war nie von Belang gewesen.

„Es wird Sie interessieren, daß ich einige genetische Tests bei Tooms in Auftrag gegeben habe." Scully war wieder ganz die nüchterne Wissenschaftlerin. „Die vorläufige medizinische Untersuchung hat eine ziemlich anormale Entwicklung des Muskel- und Skelettsystems ergeben."

Mulder bedachte sie mit einem matten Lächeln. „Um das zu wissen, bin ich nicht auf die Ergebnisse einer medizinischen Untersuchung angewiesen."

Scully ignorierte seinen Kommentar und setzte hinzu: „Außerdem besitzt Tooms eine ständig absinkende Metabolismusfrequenz. Sein Körpermetabolismus fällt tief unter das Niveau, das man beim Tiefschlaf registriert hat." Sie machte eine Pause. „Haben Sie gehört, was ich gesagt habe, Mulder?"

In seiner Zelle riß Tooms einen weiteren Papierstreifen ab und fuhr mit der Zunge darüber.

„Ich habe Sie gehört." Mulders Stimme klang unendlich müde. „Ich denke nur gerade an all die Leute, die Gitterstäbe vor ihren Fenstern anbringen. Die gutes Geld für hochtechnisierte Sicherheitssysteme ausgeben und sich sicher fühlen wollen. Und dann sehe ich mir diesen Burschen hier an und denke, daß das nicht ausreicht. Nichts davon reicht aus."

Scully legte Mulder die Hand auf die Schulter. „Kommen Sie", sagte sie sanft. „Es ist Zeit zu gehen."

Eugene Tooms nahm kaum wahr, daß Mulder und

Scully gingen. Er riß einen weiteren Papierstreifen ab, befeuchtete ihn mit Speichel und fügte ihn seinem Nest hinzu. Er hielt inne, als er auf der anderen Seite seiner Zellentür Schritte hörte.

In der Tür öffnete sich ein schmaler Schlitz, und ein Wächter schob ein Tablett mit Essen hindurch.

Tooms richtete sich auf und nahm das Tablett. Dann setzte er sich auf sein Bett. Das Essen beachtete er nicht. Er hatte bereits verzehrt, was er benötigte, um am Leben zu bleiben.

Seine Blicke waren auf die Zellentür fixiert. Der Wächter hatte die Klappe offen gelassen, damit Tooms das Tablett wieder durchschieben konnte, wenn er mit dem Essen fertig war.

Tooms hörte, wie die Schritte des Wächters in der Ferne verklangen.

Seine Augen glühten rot auf, als er auf das Licht starrte, das durch den schmalen Schlitz fiel. Ein teuflisches Lächeln huschte über sein Gesicht. Es handelte sich um eine sehr schmale Öffnung. Vielleicht nur fünfzehn Zentimeter hoch und fünfundzwanzig Zentimeter breit. Doch das war kein Problem. Kein wirkliches Problem. Nicht für ihn. Nicht für Eugene Victor Tooms . . .

Die großen Akte X-Romane

Charles Grant
Lebende Schatten
Roman

Charles Grant
Wirbelsturm
Roman

Kevin J. Anderson
Höllenfeuer
Roman

Kevin J. Anderson
Ruinen
Roman

Kevin J. Anderson
Antikörper
Roman

TRUST
NO ONE
...AUSSER DEM ERFOLG
Jetzt endlich
im Taschenbuch!
Akte X.
Die Originale!